오늘이 우리를 기억해

이 책은 실로 꿰매어 제본하는 사철 방식으로 만들어졌습니다.
사철 방식으로 제본된 책은 오랫동안 보관해도 손상되지 않습니다.

오늘이 우리를 기억해

초판 1쇄 인쇄 2018년 3월 5일
초판 1쇄 발행 2018년 3월 20일

지은이 우지욱
펴낸이 유정연

주간 백지선
책임편집 김경애 **기획편집** 장보금 신성식 조현주 김수진 **디자인** 안수진 김소진
마케팅 임충진 이재후 김보미 **제작** 임정호 **경영지원** 전선영

펴낸곳 넥스트웨이브미디어(주) **출판등록** 제313-2003-199호(2003년 5월 28일)
주소 서울시 마포구 홍익로5길 59 남성빌딩 2층
전화 (02)325-4944 **팩스** (02)325-4945 **이메일** book@hbooks.co.kr
홈페이지 http://www.nwmedia.co.kr **블로그** blog.naver.com/nextwave7
출력·인쇄·제본 (주)상지사P&B **용지** 월드페이퍼(주) **후가공** (주)이지앤비(특허 제10-1081185호)

ISBN 978-89-6596-252-6 03810

이 도서의 국립중앙도서관 출판예정도서목록(CIP)은 서지정보유통지원시스템 홈페이지(http://seoji.nl.go.kr)와 국가
자료공동목록시스템(http://www.nl.go.kr/kolisnet)에서 이용하실 수 있습니다.(CIP제어번호: CIP2018004743)

my 는 넥스트웨이브미디어(주)의 생활·예술·에세이 브랜드입니다. Make Your Life, MY!

아 빠 는 육 아 육 묘 중

오늘이
우리를
기억해

포토 에세이

우지우

my

좋아해, 사랑해, 오냐오냐해.

이토록 소중한 오늘

사실, 내 인생에서 반려 동물은 상상도 하지 못했던 시나리오였다. 그러나 오냐와 우연한 묘연으로 가족이 되었고, 그 이후의 삶은 설렘과 행복의 나날이었다.

사람 못지않은 심오하고 풍부한 감정을 가진 오냐와 서로 교감하면서 동물과 함께 산다는 것이 얼마나 큰 선물인지를 알 수 있었다. 이듬해 결혼을 하고 차례로 딸 제인이와 아들 해일이가 태어났다. 오냐와 아이들은 때로는 친구처럼 때로는 형제처럼 서로 의지하며, 울고 웃으며 함께 성장했다.

비록 육아는 만만치 않았지만 하루가 다르게 자라나는 아이들의 모습은 순간순간이 빛나고 감격적이었다.

처음 엄마 아빠라고 말하던 작은 입, 오냐와 아이들의 첫 만남, 단 몇 개의 단어로 제법 긴 대화를 처음 나누었던 날, 어른들은 잃어버린 기발한 생각과 행동들, 3살 제인이가 36살 아빠를 위로해주던 밤, 애들을 재우기 위해 수백 번 불렀던 퐁당퐁당, 처음 발을 담근 바다와 파도, 제인이가 처음 그린 우리 가족의 얼굴….

까마득히 먼 미래일 것만 같았던 제인이의 초등학교 입학이 이제 코앞으로 다가왔다. 다시 눈 깜짝하면 제인이는 아빠에게 팔짱을 끼는 어엿한 소녀가 되어 있을 것이고, 해일이는 어느새 아빠를 내려다볼 성도로 키가 훌쩍 큰 소년으로 사춘기를 보내고 있을 것이다. 그때가 되면 과거가 된 오늘을 그리워하겠지만 지금의 오늘은 다시 돌아오지 않는다.

이토록 소중한 오늘이기에.
오늘의 조각들을 꼭 붙잡고 싶어서.
그래서 카메라를 들었다.

오늘이 우리를 기억해.

2018년 2월 봄을 기다리는
어느 날에, 우지욱

가족 소개

오냐 | 2009년 3월생. 중국집에서 태어나 우연히 우리 집에 온 고양이.

캐러멜색 줄무늬가 매력적이다. 낯선 사람한테는 까칠하게 굴지만, 가족에게는 애착심이 강해 늘 우리 품에 안기고 싶어한다. 대부분의 시간을 잠으로 보내는데, 사람처럼 코도 골고 잠꼬대를 해서 우리를 깜짝깜짝 놀래킨다. 가족 중에 누가 아프기라도 하면 바로 눈치채고 옆에 붙어 간호하는 신비한 능력을 가지고 있으며, 한 번 본 사람은 몇 년이 지나도 기억한다. 이따금씩 심심해서 아빠의 손을 물거나 발톱으로 할퀴기도 하지만 아이들에게는 절대 그런 법이 없다. 비닐봉지만 보이면 씹어 먹으려고 하는 게 단점이자 고쳐지지 않는 버릇. 가장 싫어하는 것은 병원과 진공청소기.

제인 | 2011년 3월생. 우리 집 딸아이.

그림 그리는 것을 좋아해서 하루에 한 장씩은 꼭 그린다. 재밌는 꿈을 꾸면 일어나자마자 그림으로 남기며, 종종 상상한 이야기를 그림으로 옮겨서 직접 동화책을 만들기도 한다.

예쁘고 귀여운 것을 좋아해서 제인이의 서랍은 뒷산의 조약돌, 나뭇잎, 도토리, 씨앗, 바다에서 주워온 조개껍데기로 가득하다. 동물 성대모사를 기가 막히게 잘하고, 특히 고양이, 까마귀 울음소리는 진짜와 분간하기 힘들다. 장래 희망은 간호사 또는 화가.

해일 | 2012년 12월생. 우리 집 막내아들.

항상 익살과 애교가 넘치는 장난꾸러기. 길고 어려운 공룡 이름을 줄줄 꿰고 있을 정도로 공룡을 좋아한다.

커서는 포클레인 기사님과 경찰 아저씨가 되고 싶단다.

집에서는 어리광을 부리는 전형적인 막내지만, 밖에서는 자기보다 어린 동생들에게 듬직하고 의젓한 오빠, 형님 노릇을 해서 낯설게 느껴지기도 한다. 감수성이 풍부해서 애니메이션의 슬픈 장면을 보면 혼자 눈물을 훔치기도.

질문하기를 좋아해서 아빠에게 끊임없이 물어보는 게 특기.

엄마 | 1982년 1월생.

해일이가 5살이 될 때까지 전투 육아의 최전선에서 고군분투하다가 현재는 주말 육아를 맡고 있는 워킹맘.

손으로 무언가 만드는 것을 좋아하며, 가구 배치를 바꾸는 것이 취미다.

덜렁대고 무언가를 빠트리기 일쑤여서 항상 아이들이 '엄마 선풍기 껐어요?' '엄마 핸드폰 챙겼어요?'라고 한 번 더 확인하고 챙긴다.

최근에는 미니멀 라이프를 시작해 집 안에 불필요한 물건들을 버리고 나눔하는 재미에 푹 빠져 있다.

아내가 다시 일을 시작한 후, 평일 육아를 담당하고 있는 사진작가.

대학 때 취미로 시작한 사진이 생업이 되었다. 항상 카메라를 들고 다니지만, 아이들과 함께 있을 때는 가급적 카메라를 멀리한다. 사진을 찍는 시간과 노력이 아이들과의 시간을 도리어 빼앗기 때문.

1주일에 한두 번, 꼭 남기고 싶은 순간이나 아이들이 먼저 찍어달라고 할 때에만 카메라를 든다. 그래서 미처 사진에 담지 못한 결정적 순간이 더 많다. 가장 좋아하는 것은 야구. 그래서 해일이가 얼른 커서 같이 야구하는 날을 손꼽아 기다린다.

장래 희망은 가족과 함께 지구 이곳저곳에서 한 달씩 살아보는 것.

Contents

1부

집사가 되다

첫 만남 I

비가 억수같이 쏟아졌다.

집으로 오는 길이 더욱 길게 느껴졌다.

받쳐 든 우산 아래 가방 틈으로 아주 가냘픈 울음소리가 쉴 새 없이 새어나왔다.

세상 그 어떤 존재보다 약한 소리였다.

하지만 나에게는 우산에 떨어지는 장대비 소리보다, 도로의 자동차 경적 소리보다 훨씬 더 크고 또렷하게 들렸다.

비와 땀으로 온몸이 젖었고, 발걸음은 조바심이 났다. 그럴수록 시간은 더 천천히 흘렀다.

집에 도착했다.

여전히 가방 안의 작은 존재는 가냘픈 울음을 토해내고 있었다. 지퍼를 조심스레 열고 바르르 떨고 있는 새끼 고양이를 꺼내 따뜻한 담요 위에 옮겨놓았다.

겁먹은 채 나를 보고 있는 또렷한 두 개의 눈동자와 마주했다. 내가 아기 고양이에게 처음 건넨 말은 "괜찮아, 괜찮아"였다.

그리고 턱 아래를 살며시 쓰다듬어주었다.

조금씩 안정을 찾아가자 따뜻한 물에 사료를 불려 손가락으로 입에 가져다주었다. 아기 고양이는 킁킁거리더니 금세 맛있게 먹었다. 몇 차례 사료를 먹고 난 후에도 아쉬운지 손가락 끝을 혀로 핥아댔다. 까끌까끌하고 쓱싹쓱싹한 혀의 느낌이 그대로 전해졌다.

아기 고양이는 제법 안정을 찾았고, 스르륵 잠들었다.

피로가 많이 쌓인 모양이었다.

그렇게 새끼 고양이가 내 집에 왔다.

어쩌다 집사

우리가 만난 건 조금 특별했다.

2009년 어느 봄날, 동료들과 회사 앞 중국집에서 점심을 먹고 있었다. 여느 때와 다름없는 다소 소란스러운 식사 시간이었다.

그때 중국집 사장님이 별안간 "우리 가게 고양이가 새끼를 낳았는데 혹시 키우실 분 있나요?"라고 크게 소리쳤다.

나는 말이 끝나기가 무섭게 손을 번쩍 들어, "저요!" 하고 외쳤다.

마침 고양이를 키울까 고민하던 차였다.

그때쯤 나는 두 달 가까이 불면증에 시달리고 있었다. 그런 나에게 여자친구는 고양이를 키워보라고 권유했다.

하지만 나는 반려동물을 키워본 적도 없었거니와 고양이에 대해서는 아는 바가 전혀 없었다. 당연히 어떤 절차로 고양이를 입양하는지도 몰랐다.

그런데 그날은 나도 모르게 반사적으로 움직였다.

아마도 인연이었던 것 같다.

중국집 사장님은 아직 생후 8일밖에 되지 않았으니, 앞으로 한 달 정도 어미 젖을 더 먹고 충분히 자란 후에 데려가라고 했다.

그동안 나는 고양이에 관해 열심히 공부했다. 책도 찾아 읽어보고 고양이 카페도 가봤다. 고양이 키우는 방법을 미리 익히려고 노력했다(물론 실전은 다를 테지만…).

그리고 한 달 뒤 캐러멜색 줄무늬가 있는 새끼고양이를 집으로 데려왔다.

짜장면을 먹으러 우연히 들른 중국집에서
운명적으로 새끼 고양이를 만나 집사가 된 것이다.

오냐

미리 아담한 고양이 집을 장만해두었지만, 아기 고양이는 제 집은 놔두고 내 팔다리에 찰싹 달라붙어 잠을 잤다. 불을 끄고 잠자리에 들면 기다렸다는 듯이 이불 속으로 들어와 손과 발을 열심히 깨물었다. 그렇게 깨물거리다가 그대로 잠들었다.

당연히 내 손과 발은 작은 상처로 가득했다.

그럼에도 난 언제든 기꺼이 손과 발을 내주었다. 여자친구는 그런 나를 보고 오냐오냐 키운다고 했다. 그래서 아기 고양이에게 '오냐'라는 이름을 붙여주었다.

"오냐"라고 부르며 고양이를 보니, '오냐'가 마치 이 아기 고양이를 위해 원래 존재했던 단어처럼 완벽하게 어울렸다.

두 달 동안 나를 괴롭혔던 불면증은 신기하게도 아기 고양이를 데려온 그날부터 마법처럼 사라졌다.

이제 누우면 바로 잠이 든다.

오냐가 손발을 깨무는 데도 불구하고.

대답

오냐가 자기 이름을 알아듣는다.

"오냐"라고 부르면 "냐~앙!" 하고 대답한다.

혹시나 해서 다른 이름을 부르면 들은 체도 하지 않는다.

집사의 생활

공을 던지면 강아지가 물어오는 것은 많이 봤었는데 고양이에게도 사냥 놀이가 있다는 건 오냐를 키우면서 처음 알았다.

가짜 쥐(일명 쥐돌이)나 낚싯대에 매달린 가짜 새를 흔들면 오냐가 잽싸게 잡는 시늉을 한다. 처음에는 '이 장난감을 진짜 쥐나 새로 착각하고 사냥하는 거겠지'라고 막연하게 생각했다.

하지만 며칠 지나고 보니 오냐도 '이건 장난감이다. 단지 사냥 놀이일 뿐이다'라고 인식하는 게 느껴졌다. 그래서 '가짜 쥐, 가짜 새라는 것을 알면서 왜 사냥을 할까?'라는 의문이 들었는데, 가만 생각해보니 사람도 어릴 때 가짜 자동차, 인형을 가지고 논다. 어쩌면 오냐도 마찬가지일 수 있겠다는 생각이 들었다.

오냐가 제일 좋아하는 놀이는 고무줄놀이다.

고무줄을 멀리 던져주면 강아지처럼 잽싸게 달려가 물어온다. 그리고는 다시 던져달라며 내 앞에 고무줄을 살포시 내려놓는다. 이 놀이는 둘 다 지칠 때까지 수십 번 반복된다.

오냐의 간호

고열을 동반한 심한 몸살을 앓았다.

온몸이 아파서 하루 종일 아무것도 하지 못하고 침대에 누워 있었다. 그런데 신기한 일이 일어났다.

오냐가 "그르릉" 하는 울림소리를 내며 내 곁을 지킨 것이다. 지극 정성으로 내 얼굴을 혀로 핥고, 알 수 없는 눈빛으로 나를 쳐다보기도 했다.

오냐와 살면서 처음 겪는 일이었다.

그르릉거리는 소리는 고양이가 기분 좋을 때 내는 소리인데, 아플 때도 내는 소리다. 심장 근육을 진동시켜 이런 소리를 내면 병이 빨리 낫게 되고 고통이 적어지는 효과가 있다고 한다.

마치 오냐는 내가 아프다는 것을 알아채고 내 몸에 찰싹 붙어 심장의 진동을 전달하는 것 같았다.

어서 나으라고.

냐옹

오냐의 울음소리는 여러 가지다.

집에 데리고 왔던 날 엄마 고양이를 찾던 울음소리,

응가할 때 내는 울음소리,

심심하다고 우는 소리,

의자 옆에서 빤히 올려다보며 내는 소리,

밥달라고 내는 소리,

사냥 놀이를 할 때 사냥감을 보며 내는 소리,

나 혼자 밥 먹고 있으면 같이 먹자고 내는 소리,

외출하고 돌아온 나를 보며 길게 우는 소리.

명확하게 구분될 정도로 모두 다르다.

오냐의 눈물

오냐가 생후 5개월쯤이 된 어느 날이었다.

외출 후 집에 돌아오니 늘 달려와서 다리에 안기는 오냐는 보이지 않고 바닥에 이물질이 잔뜩 흩어져 있었다. 처음에는 그것들이 오냐가 토한 것이나 배설물인 줄 알았다. 물론 토사물도 배설물도 그렇게 사방에 널리도록 많이 있을 수는 없었지만, 그렇게 착각할 만큼 현실성이 없었다.

불을 켜고 다시 바닥을 살펴보았다. 그것들은 검붉은 피였다.

순간 하늘이 노래지면서 오냐부터 찾았다. 오냐는 화장실 모래 위에 웅크려 앉아 쉰 목으로 힘겹게 울고 있었다. 뒷다리는 피로 흥건했다. 바로 오냐를 안고서 집 근처 동물 병원으로 뛰어갔다.

그제서야 정신을 차리고 오냐의 다리를 자세히 보았다. 왼쪽 뒷다리가 찢어져서 뼈가 다 드러나 있었다. 아마도 방충망을 타고 올라가다 떨어진 것 같았다.

조금 더 세심하게 신경 쓰지 못한 죄책감이 물밀듯 밀려왔다. 자식이 다친 부모의 심정이 이런 것이구나 싶었다. 그런데 동네 병원 수의사는 나보다 더 당황해하며 수술 비용이 꽤 많이 드는데 꼭 수

술을 할 거냐고 물었다. 당연히 수술을 해야지 왜 비용부터 이야기하는지 화가 치밀었지만 쓸데없는 것에 감정을 소모할 여유가 없었다.

결국 오냐를 다시 대형 동물병원으로 옮겼다.

5시간 동안 진행한 수술은 다행히 성공적이었다.

수술실에서 나온 오냐는 자기 몸집만큼 두툼한 붕대로 뒷다리를 감고 있었고, 앞다리에는 링거주사가 꽂혀 있었다. 마음이 무겁고 혼란스러웠다. 그러나 오냐에게는 티내지 않으려고 애썼다. 회복실 케이지 문을 열고 "오냐야 괜찮아, 괜찮아"라고 말해주며 오냐를 쓰다듬었다.

그러자 오냐는 링거가 꽂힌 앞다리를 힘겹게 들어 내 손등 위로 작은 앞발을 포개었다.

그 순간 오냐의 눈가가 반짝하고 빛났다.

오냐의 눈물이었다.

결국 꾹 참고 있던 내 눈물도 왈칵 쏟아졌다.

오냐의 트라우마

병원의 환경은 어린 고양이 오냐에게 무척 가혹했다.

다닥다닥 붙어 있는 수십 개의 케이지들에는 각각 아픈 동물들이 입원해 있었고, 대부분 대형견들이라 누구랄 것 없이 모두 크게 짖고 있었다.

내가 그곳에 있을 때도 몹시 정신이 없었는데 아픈 오냐는 오죽했을까.

오냐는 일주일 후, 깁스를 한 채 퇴원했다.

하지만 병원에서 받았던 스트레스로 낯선 존재와 장소에 대한 강한 트라우마가 생기고 말았다. 예민해지고 겁도 많아져 작은 소리에도 깜짝깜짝 놀라는가 하면 낯선 사람에게는 심한 경계심을 보였다. 다른 동물들(개, 고양이 등)을 싫어하게 되었고 특히 개 짖는 소리에 굉장히 민감해졌다.

지금도 병원에 가는 날이면 오냐는 매우 공격적인 맹수로 변해서 온몸에 보호 장비를 완벽히 갖추어야 만질 수 있다.

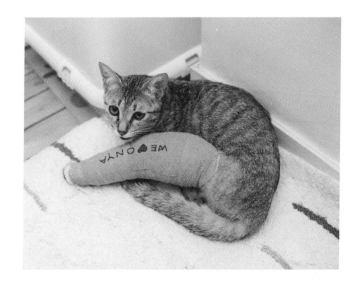

일주일 후 오나는 깁스를 한 채 퇴원했다.

2달 동안이나 깁스를 해야 한단다.

고양이가 된 아빠

옆에 앉아 있는 오냐를 향해 "니야아아아옹~" 하고 고양이 울음소리를 내보았다. 오냐는 고개를 홱 돌리더니 눈을 동그랗게 뜨고 평소와는 다른 길이로 "니야아아아아아오옹~" 하고 답했다.

오냐의 표정을 보니 내가 고양이 소리를 내는 것에 대해 상당히 혼란을 느끼는 것 같았다. 내가 계속해서 "니야아아아아옹~" 하니 오냐도 계속해서 "니야아아아아아아아아아아아옹~" 했다.

그렇게 몇 번을 주고받다가 갑자기 오냐가 내 발과 얼굴에 코를 대고 킁킁댔다. 아빠가 왜 갑자기 고양이로 변했지,라는 듯이.

그러다가 내가 "오냐" 하고 부르자 바로 안심하고 돌아섰다.

그 모습이 재밌어서 다시 고양이 소리를 냈다.

오냐는 고개를 홱 돌려서 또 길게 울고는 이번엔 나를 향해 하악질까지 했다.

결혼

오냐라는 이름을 지어주었던 여자친구가 아내가 되었다.

아내와 나는 같은 과 동기였다. 내가 군대를 제대하고 늦깎이로 대학에 들어간 관계로 5살 터울이었지만, 마음이 잘 맞았다.

아내는 대학 시절 내내 곧잘 대화 상대가 되어주었다. 세상 그 누구보다 편해서 고민도 거리낌 없이 나눌 수 있었다.

졸업 후에도 우리는 멀리서나마 서로의 취업과 회사 생활을 응원해주었다. 그러다 적성에 맞지 않는 회사를 그만두고 불확실한 미래를 고민하며 불면증에 시달리던 즈음에 우리는 연인이 되었다.

이듬해인 2010년 6월, 우리는 부부가 되었다.

난 아직도 강의실 복도에서 아내를 처음 본 순간이 생생히 기억난다. 꽃샘추위에 첫 수업을 앞둔 긴장감으로 유독 춥게 느껴졌던 날, 복도 멀리서 봄 햇살을 받으며 걸어오는 아내가 참 따사롭고 예쁘게 보였다.

우리가 이렇게 부부가 될 줄은 꿈에도 몰랐을 그때를 떠올리면, 이 대로 타임머신을 타고 그 시절로 돌아간 것 같은 묘한 기분이 든다.

그리고 두근두근 설렌다.

2부

딸 바보가 되다

천사

2010년 7월, 아내의 배 속에 천사가 내려앉았다.

아빠가 된다는 감격과 설렘도 잠시, 이제 나보다 가족을 먼저 생각
하는 삶을 살아야 한다는 책임감이 들었다.

아내는 호르몬의 급격한 변화로 많이 예민해지고 후각도 굉장히
민감해져서 입덧을 하기 시작했다.

오냐도 머지않아 새 식구가 생기리라는 것을 아는지 아내 옆을 자
꾸 서성거렸다.

만감이 교차하는 표정으로.

작은 사람

임신 12주가 되자, 우리의 천사는 벌써 사람의 외형을 갖추기 시작했다.

눈, 코, 입, 손가락, 발가락을 모두 갖춘 5센티미터의 작은 사람.

그리고 작은 심장이 아주 크게 뛰었다.

쿵 쾅 쿵 쾅 쿵 쾅 쿵 쾅 쿵 쾅 쿵 쾅 쾅 쿵 쾅.

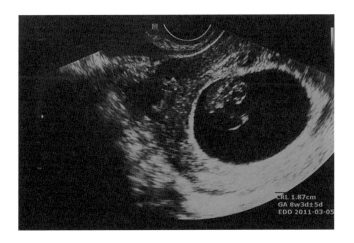

임신 소양증

임신 20주를 지나면서부터 아내는 배를 심하게 가려워했다. 잠도 못 잘 정도의 고통이었다.

임신 소양증이라고 했다.

엄마가 되는 것은 보통 힘든 일이 아니었다. 약도 먹을 수 없기에 차갑게 얼린 음료수 캔으로 문지르는 것 말고는 방법이 없었다.

초음파 사진으로 만난 아기는 이제 얼굴과 골격을 뚜렷하게 알아볼 수 있었다. 엄마가 손가락으로 배를 살짝살짝 두드리면 그 손짓에 반응하며 발차기도 한다.

조 용 하 지 만 침 묵 하 지 않 는 다 .

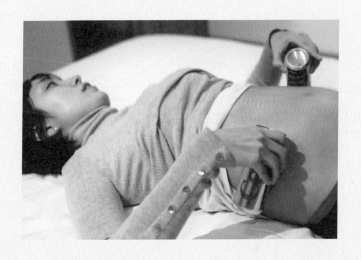

너의 이름은 제인

공주님이라고 한다.
하하하하하하하하.

이제 길을 가다가도 여자 아이들이 보이면 자꾸 눈길이 가서 나도
모르게 걸음을 멈춘다. 모두 내 딸인 것마냥 사랑스럽다.
딸의 이름을 지으려고 아내와 함께 수십 개의 이름 후보들을 떠올
렸다. 며칠째 씨름했지만 마음에 쏙 드는 이름은 없었다.
그러다 불현듯 떠오른 이름.
제인(jane).
필이 딱 꽂혔다. 더 이상 고민할 필요도 없이 '제인'으로 정했다.
동물 행동 학자 '제인 구달' 같이 동물과 교감하고 지구를 사랑하는
아이가 되길 바라는 마음도 담았다.

진통

제인이가 엄마에게 신호를 보냈다.

오냐는 본능적으로 엄마의 진통을 알아차리고, 서둘러 엄마 곁에 붙어 그르릉댔다.

병원으로 출발하기 전까지 엄마의 통증을 조금이라도 줄여보고자 애썼다.

안녕 제인!

사람이 너무 긴장하고 극도로 흥분한 순간은 기억을 잘 못한다고
했던가!
아내가 상상을 초월하는 진통을 겪었던 9시간과 제인이가 태어나
던 장면은 마치 초점이 하나도 맞지 않은 사진처럼 뭉글뭉글하게
머리와 가슴에 남았다.
잔잔한 클래식 음악이 줄곧 분만실을 채웠지만 하나도 들리지 않
았다. 직접 탯줄을 잘랐지만 어떻게 잘랐는지 기억조차 나지 않는다.

2011년 3월 3일 오전 1시 17분,
드디어 제인이가 세상 밖으로 나왔다.

모유 수유

따뜻한 엄마 배 속을 뒤로 하고 차가운 바깥 세상에 나와 첫 호흡을 하기까지.

제인이는 인생에서 가장 큰 첫 번째 일을 치루고, 한숨 돌리는가 싶더니 엄마 젖을 빨아야 하는 두 번째 난관을 맞이했다.

순전히 본능에 의지해 모유를 먹어야 한다.

가르쳐줄 수도 없다.

수십 번의 시행착오를 겪으며 제인이 혼자서 터득 중이다.

아 직 은 엄 마 도 제 인 이 도 많 이 서 툴 다.

고개 들기

생후 39일.

제인이가 엄마 품에서 고개 들기 운동을 했다.

힘이 드는지 씩씩거리면서도 엄마 얼굴을 보려고 애썼다.

그리고 많이 고단했는지 이내 잠들었다.

목욕

따뜻한 물속에서 아무것도 걸치지 않는 제인이.
제인이를 목욕시킬 때면, 아내의 배에서 맨몸의 제인이가 나오던
그 순간이 오버랩되서 다시 설렌다.

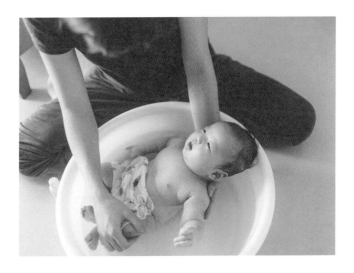

웃음

제인이가 아빠의 재롱을 보며 처음으로 꺄르르 소리를 내며 웃었다.
단순하고 본능적이던 '감정'이라는 서랍장에 '웃음'이라는 표정이 추가
되었다.

이제 언제든 아빠의 재롱에
다시 그 서랍을 열어줄 것이다.

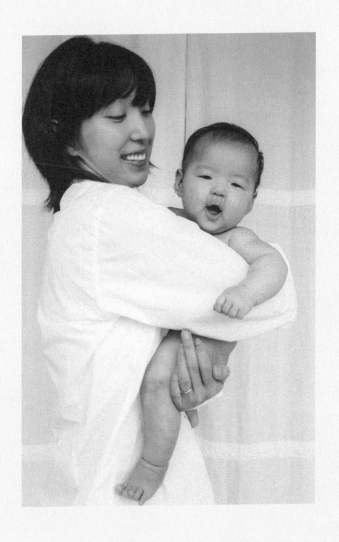

첫 만남 II

제인이가 100일이 되기까지 오냐를 부모님께 맡겼다.

오늘은 오냐가 우리 집으로 돌아오는 날.

사실 걱정 반 설렘 반이었다. 그동안 오냐는 자신과 체구가 비슷한 다른 동물이나 낯선 존재에 대해 굉장히 적대적이었다.

과연 사람 아기와 잘 지낼 수 있을까.

하지만 그것은 괜한 기우에 불과했다.

오냐는 처음 보는 제인이를 마치 예전부터 함께했던 존재처럼 먼 발치서 물끄러미 바라보았다. 본능적으로 엄마 아빠의 사람 아기라는 것을 아는 듯했다. 그 흔한 하악질조차 하지 않고, 오히려 우리보다 더 조심스러워했다. 제인이 앞에서라면 발걸음 하나, 몸짓 하나가 무척 조신했다. 자신의 발톱에 행여 해를 입을까 제인이가 누워 있는 곳은 신줏단지 모시듯 살금살금 피해 다녔다. 어쩌다 한 번씩 넘치는 에너지를 주체하지 못해 집안을 우다다 뛰어다닐 때도 제인이 앞에서는 급브레이크를 밟았다. 무슨 일이 있어도 아기는 건들면 안 돼, 라는 결연한 의지가 온몸에 배어 있는 듯했다.

그렇게 시킨 적도 없거니와 시킨다고 될 일도 더더욱 아니지만.

엠마엠마

생후 130일.

제인이는 짜증나거나 졸리면 "엠마엠마" 하고 운다.

엄마라고 들리는 것 같아 좋긴 한데,

다정하게 불러주면 더 좋으련만.

기다

'아빠, 저 갈 데가 있어요.'

제인이가 드디어 기기 시작한다.
오냐의 자유도 오늘까지.

협공

벌레 한 마리가 들어와 비상이 걸렸다.

오냐와 제인이는 적의 퇴로를 막고 협공을 펼친다.

어서 친해지길 바라

양면 작전의 성공에 고무되어, 둘 사이에 우정이 막 싹트기 시작했다.

I will look for you, I will find you

제인이가 기어 다닐 수 있게 되고부터 오냐가 좀 피곤해졌다.
오냐를 졸졸 따라다니며 툭하면 털을 움켜쥐거나 꼬리를 잡아당기
기 때문이다.

엎드려 뻗쳐

생후 200일.

제인이는 팔다리에 힘이 생겨 툭 하면 엎드려 뻗쳐 자세를 취한다.

조교 오냐와 얼차려를 받고 있는 훈련병 제인.

야바위

돈 놓고 돈 먹기.
애들은 가라.

교감

제인이의 의식은 아직 문명화 이전의 시대와 같다.
이성보다는 본능에, 논리보다는 직감에 의존한다.
그래서 오냐와의 교감이 더욱 쉽게 이뤄지는 것은 아닐까?
오냐 역시 우리보다 더 말이 잘 통하는 존재를 만난 것은 아닐까?

어쩌면 이 순간, 오냐와 제인이에게 우리는 절대 알 수 없는
수많은 감정의 교류가 이뤄지고 있는 것은 아닌지,
모를 일이다.

엄마의 마음

엄마의 마음이라는 게 이런 것일까.

제인이를 보고 있으면,
방금 밥 먹이고 돌아서도 혹여나 배가 덜 찬 건 아닐까
마음이 쓰이고,
기침 한두 번에도 감기가 걸린 건 아닐까 걱정하고,
자다 깨면 악몽을 꾼 건 아닐지 토닥인다.
이유식을 먹기 싫어하면 맛없어서 그러나,
뭘 넣어야 맛있게 잘 먹을까 고민하고,
방긋방긋 웃으면 그저 좋아라,
나도 헤벌쭉 웃는다.

이제 알 것 같다.
엄마의 마음을.

결혼해서 살아보니 하루만 청소를 안 해도 먼지가 많이 쌓이는데

엄마는 일하면서도 매일 깨끗한 집안을 유지하느라
얼마나 힘에 부치셨겠어요.
맛있는 반찬을 해주려고 얼마나 많은 고민을 하셨는지,
우리 오는 시간에 맞춰 따뜻하게 방을 데어놓은 것도
그때는 몰랐어요.

엄마 정말 미안하고 고마워요.
자식 키워보니 알 것 같네요.

경주 앞바다에서 2012년 새해를 맞았다.

제인이의 속도

아기들은 뭐든 느리다.

밥 먹는 것도 느리고 옷 입는 것도 느리고.

제인이를 키우기 시작하면서 나는 정말이지

아기의 이런 느린 행동이 너무나도 답답했다.

후룩후룩 밥 먹고 얼른 양말 신고 밖에 나가서 놀고 또 들어와서

후다닥 씻고 그렇게만 하려고 했다.

나의 속도에 제인이는 어느새 반기를 들고 저항하기 시작했다.

옷 입는 것을 제일 싫어했고 밥도 잘 먹지 않았다.

밥 먹고 입 닦는 것도 싫어해서 툭 하면 짜증을 부렸다.

아기들의 속도.

그걸 깨우치는 데 왜 그리 오래 걸린 건지.

제인이에게 식사 시간이란 밥을 천천히 먹고, 물도 마시고,

여기저기 둘러보고 장난감도 만지고,

엄마랑 장난도 치는 그런 시간이라는 걸 이제야 알았다.

외출하기 전, 양말을 신고 겉옷을 입다가도
거울 속 자신을 발견하고 빙그레 웃고.
신발의 찍찍이를 붙였다 떼었다 하며 그렇게 놀다가
자기 발이 신발에 쏙 들어가는 게 신기한 듯 쳐다보고.

뭐든 조바심을 내면 안 된다.
특히 아이에게 어른의 조바심만큼 나쁜 건 없다.
뭐든 기다리고 같이하고 지켜봐주면 그만이다.
이게 바로 10여 개월 제인이와 함께 지내며 깨달은
가장 큰 가르침이다.

한 마리 고양이의 존재

고양이가 있다는 존재감만으로 집안을 가득 채우는 무언가가 있다.
그것은 한겨울에도 집 전체를 따뜻하게 만들고,
혼자 있어도 전혀 외롭지 않게 하며,

집 안 전체에
평온과 안도의 공기가 흐르게 한다.

상자는 나의 것

우리 집에 들어온 이상, 오냐를 거치지 않는 상자는 없다.
이번에도 오냐는 제 몸집보다 작은 신발 상자에 꾸깃꾸깃 몸을 접어
기어코 들어간다.
제인이가 아무리 치근거려도 꿈적도 하지 않는다.

젖니

드디어 제인이의 젖니가 나기 시작했다.
왼쪽 아래부터 하얗게 돋아나고 있다.
앞으로 총 20개의 유치가 돋아나 6살 무렵 먼저 난 치아부터 순서
대로 빠진다고 한다.
제인이이는 소중한 비밀을 품고 있는 것마냥 엄마 아빠에게조차
하얀 이를 잘 보여주지 않는다.
박장대소할 때에야 비로소 아주 잠깐 볼 수 있다.
많이 웃겨야겠다.

하나하나 자라나고 하나하나 배워가고 하나하나 알아간다.

인디언 이름

요즘 인디언식 이름 짓기가 유행이다.
그래서 우리도 생일을 조합해보니,

아빠는 '용감한 달빛 아래에서'
엄마는 '붉은 늑대'
제인이는 '푸른 양은 그림자 속에'
오냐는 '욕심 많은 양의 그림자'

출동

오냐가 제인이를 지켜본다.

눈을 떼지 않고 보다가 무슨 일이 생기면 즉시 우리에게 달려온다.

마치 '아무것도 모르는 연약한 아기라서 내가 꼭 지켜줘야 해'라는 듯이.

자고 있다가도 제인이가 울면 벌떡 일어나 달려온다.

그리고는 '도대체 애를 왜 울려요?'라고 말하는 듯 우리를 향해 오냐도 같이 운다.

제인이가 빨래 바구니 안에 들어가 허우적거리자

오냐 출동!

'제인아 무슨 일 생긴 거 아니지?'

첫 생일 I

꿈 많던 엄마의 눈부신 젊은 날은

너란 꽃을 피게 했단다.

– 토이 '딸에게 보내는 노래' 중

직립보행

생후 375일.
제인이가 드디어 세상에 첫 발을 내딛었다.
그동안 오냐에게 제인이는 보호의 대상이자,
생물학적으로는 같은 네 발 동물이었다.
제인이가 이렇게 직립보행을 하게 되자,
당황한 오냐의 기색이 역력하다.

동생이 생겼어요!

임신 3주.

제인이에게 동생이 생겼다.

제인이를 키우면서 육아가 얼마나 힘든 것인지 몸소 겪어서인지

막막함과 걱정부터 있었다.

당장 아내의 괴로운 입덧과 공포의 소양증이 걱정이다.

장녀

어제의 제인이와 오늘의 제인이는 달라진 게 전혀 없다.

변함없는 13개월 차 아기다.

하지만 우리는 둘째가 생겼다는 이유만으로 제인이를 보는 시각이

달라졌다.

더이상 '아기'로 보이지 않고 '장녀'로 느껴진다.

제인이가 몇 개월, 아니 몇 년은 더 성숙해 보인다.

제인이의 속도
초속 50센티미터.

주문

생후 14개월.

요즘 제인이는 온 집 안을 휘젓고 돌아다니느라 굉장히 바쁘다.

미끄럼틀을 오르락내리락하다가도, 오냐를 따라 이 방 저 방 기웃거리고, 엄마를 따라 여기저기 호기심 가득한 눈빛으로 돌아다닌다. 그 조그마한 두 발로 지칠 줄도 모르고 한시도 쉬지 않고 걸어다닌다. 그러다가 종종 장애물에 걸려 넘어지거나 가구에 발이 부딪치거나 의자에 머리를 쿵 하고 부딪치기도 한다. 그럴 때마다 제인이는 자신을 아프게 한 대상물을 작은 손으로 때리며 이렇게 말한다.

"때찌"

이게 얼마나 귀엽고 사랑스러운지 모른다.

아파하며 닭똥 같은 눈물을 흘리다가도 "때찌" 하며 손으로 때리는 이 의식은 결코 잊는 법이 없다.

제인이가 보는 이 세상은 여전히 모든 게 마법의 세상이다.

하루하루가 신기하고 가는 곳마다, 먹는 것마다 신세계다.

또한 곳곳에 악당이 존재한다.

제인이가 엉덩이를 찧는 마룻바닥도 악당이고, 머리를 부딪친 나무 의자도 악당이다.

연 댓 개의 단어만을 표현할 수 있는 제인이의 세상에서 "때찌"는 악당을 물리치려는 일종의 주문이다.

이렇게 한번 주문을 외치고 나면 제인이는 나쁜 기억을 정말 쿨하게 잊어버리고 금세 싱글벙글 웃어 재낀다.

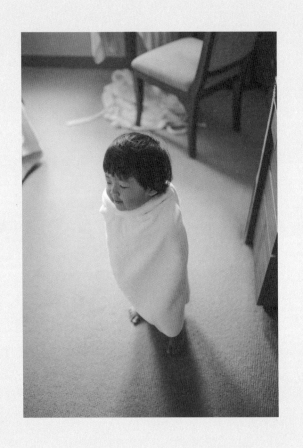

칩거

오냐가 아프다.

지난 3일 동안 구토만 수십 번. 먹는 족족 게워내니 먹을 생각도 하지 않는다. 고양이의 구토는 흔한(헤어볼을 토하기 때문) 일상이지만 이번에는 좀 심각해 보였다.

그러나 사실 더 겁나는 건 오냐가 우리 손이 닿지 않는 깊숙한 곳으로 들어가 칩거를 한다는 것이었다.

오냐의 이런 모습은 처음이었다.

구토 억제제도 먹여보고, 마사지도 해보고, 집에서 할 수 있는 건 다해보았지만 소용이 없었다.

경험상 이번은 정말 위험하다는 생각이 들었다. 병원에 데리고 가지 않으면 큰일 날 것 같았다.

오냐는 어릴 때 이미 수술을 몇 번 했기 때문에 병원이라면 치를 떤다. 병원에 들어서기만 해도 살기를 품고 저항하기 때문에 나조차도 통제하기 힘들다. 무엇보다 병원에서 받을 오냐의 스트레스가 가장 걱정이었다.

그러나 더 지체하지 않고 병원으로 달려갔다.

마취 성분의 진정제를 놓고 혈액 검사와 이물질 유무를 확인하기 위한 조영제를 투여했다. 그리고 30분 간격으로 엑스레이를 찍었다. 몇 시간 뒤에 결과가 나왔지만 이물질은 보이지 않았다. 혈액 검사도 아무런 이상이 없었다. 오히려 굉장히 건강했다.

지친 마음만 안고 밤 9시가 넘어 집으로 돌아왔다.

오냐는 집에 도착하자마자 마취가 덜 풀려 비틀거리면서도 사료를 찾아 허겁지겁 먹어댔다.

그리고는 마치 아무 일도 없었던 것처럼 아프기 전 오냐로 되돌아왔다.

아무래도 헤어볼이 십이지장에 꽉 막혀 있다가 조영제가 들어가면서 밀어낸 것 같다.

얼른 나아

지난 며칠 옆에서 오냐의 병치레를 지켜봤던 제인이가 가장 소중히 여기는(심지어 엄마, 아빠에게조차 주지 않는) 키티 스티커를 오냐 몸에 덕지덕지 붙이고 있다.
이제 아프지 말고 빨리 나으라는 뜻 아닐까.

오냐 역시 제인이가 선물한 스티커를 맘에 들어 하는 눈치다.

빠빠이

제인이가 바람에 살랑거리는 나뭇잎들을 가만히 보고 있더니
나뭇잎을 향해 손을 흔들며 빠빠이를 한다.
나뭇잎들도 제인이의 인사에 온몸을 흔들며 화답한다.

차가워? 이게 바로 바다야

생후 16개월. 제인이가 난생 처음으로 바닷물에 발을 담궜다.
밀려왔다 나갔다 하며 자신의 발을 간지럽히는 파도가 신기한지
한참을 쳐다본다.
"차가워? 이게 바로 바다야."

엄마표 미용실

엄마표 미용실.
손님은 제인이 단 한 명.

제인아 괜찮아?

물을 무서워하는 오냐가 물에 빠진(?) 제인이를 안절부절 걱정하
고 있다.

오냐의 꿈나라에 제인이도 동승했다.

길 위의 오냐들

오냐와 같이 살면서부터 모든 길고양이들이 오냐처럼 보인다.

그래서 아무리 바빠도 가던 길을 멈추고, 눈 한 번 더 맞추고, 말 한 번 더 건넨다. 때때로 외출하다 말고 집에 다시 들어가 오냐 몰래 사료를 들고 나와 나눠주기도 한다.

그러다 운이 좋으면 동네 친구가 되기도 한다.

길 고양이를 만나는 일은 그리 어렵지 않다. 큰 도로를 벗어나 작은 골목에 들어서면 마치 그 길의 터주대감인 양 골목을 지키는 녀석들을 만나게 마련이다.

우리와 가장 가까이 살면서 자주 만날 수 있는 다른 생명체.

녀석들을 보고 있으면 이 도시가 사람들만의 도시가 아님을 새삼 느낀다. 그들에게만큼은 서울도 고양이의 도시일 뿐이며, 아스팔트와 시멘트 냄새를 물씬 풍기는 잿빛 골목도 삶의 터전이다.

우리는 만나는 길고양이마다 제각각 이름을 붙여준다. 대개 첫 인상으로 이름을 짓는데 이를테면 식빵을 잘 굽는다고 식빵이, 형제끼리 똑같이 생겼다고 쌍둥이, 색이 섞여 있다고 삼색이, 몸집이 우람하고 남다른 포스가 느껴져서 호동이, 고등어무늬라고 고등어 이런 식이다.

그러면 이 동네는 식빵이의 동네, 저 골목은 쌍둥이의 골목, 저 길은 삼색이의 길이 되어 각 동네를 지키는 골목 주인이 된다. 그리고 우리로 하여금 이 골목들의 주인들이 밥은 잘 먹고 다니는지, 못되게 구는 사람들은 없는지, 간밤의 폭우는 어찌 잘 피했는지, 어제의 혹한은 잘 견뎌냈는지, 밤새 새끼들을 찾아 울던 어미는 결국 새끼들을 다 찾았는지 마음 쓰게 만든다.

가끔 길 고양이에게 못되게 구는 사람이 있다면 이렇게 말해주고 싶다.

그들도 우리와 같은 생명체라고.

로로

둘째의 태명은 로로.

제인이 덕에 엄마 아빠도 애청자가 된 뽀로로의 어감이 좋아서 뽀로로의 '로로'만 따왔다.

제인이도 로로를 하루 빨리 만나고 싶은 모양이다.

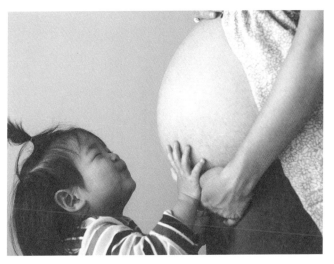

부자

제인이가 과연 누나가 될까, 언니가 될까 무척 궁금했다.

'둘째 역시 제인이 같은 딸이면 좋겠다'라는 생각도 들고 '아들도 있으면 좋겠다'라는 생각도 들었다.

오늘 막상 병원에서 제인이가 '누나'가 된다는 말을 듣자, 그동안 느껴왔던 아이 둘의 양육에 대한 막막함과 걱정은 온데간데없이 사라졌다.

'나는 딸도 있고, 아들도 있다'라고 온 세상에 소리쳐 자랑하고 싶었다.

그 누구도 부럽지 않은
세상을 다 가진 부자가 된 것 같아
가슴이 벅차올랐다.

3부

부자가 되다

가진통

예정일을 사흘 앞둔 오늘 오후 1시, 아내에게서 전화가 왔다.

핸드폰에 뜬 아내라는 글자만 보고도 당장 집으로 달려가야 한다는 것을 직감했다. 둘째는 예정일보다 일찍 나온다고 해서 3주 전부터 항상 촉각을 곤두세우고 있었다.

집에 도착하자마자 허겁지겁 병원에 가지고 갈 가방을 쌌다.

그런데 갑자기 아내의 진통이 사그라들었다.

가진통이라고 한다. 예정일이 가까워질 때 흔히 생기는 자궁 수축 증상이라고.

언제 병원에 달려갈지 모르는 상황과 아내의 산후조리를 대비하기 위해 제인이를 한동안 부모님 댁에 맡기기로 했다.

오나는 내 작업실로 데려갔다.

보이저1호

지난 1977년, 발사되어 지구인들에게 목성과 토성의 사진을 보내주던 보이저1호가 이제 태양계를 벗어난다고 오늘 NASA가 발표했다.

내가 태어났던 해에 지구를 출발해서 시속 1000킬로미터 속도로 암흑 속을 외로이 날던 보이저1호는 내가 36살이 된 지금에서야 간신히 태양계를 벗어난 것이다.

만약 보이저1호가 유턴을 해서 다시 지구로 돌아온다면 곧 태어날 로로가 지금의 내 나이가 될 무렵에야 도착할 것이다.

내일은 로로의 예정일이다.

로로의 탄생

세벽 4시, 로로가 진짜 신호를 보내왔다.

어둠 속에 찬 공기를 가르며 제인이가 태어났던 병원으로 다시 향했다.

다섯 시간의 진통 끝에

2012년 12월 7일 9시, 로로가 세상에 나왔다.

거짓말처럼 하늘에서 첫눈이 내렸다.

펑펑 함박눈으로.

로로의 탄생을 축복하듯 온 세상이 하얗게 뒤덮였다.

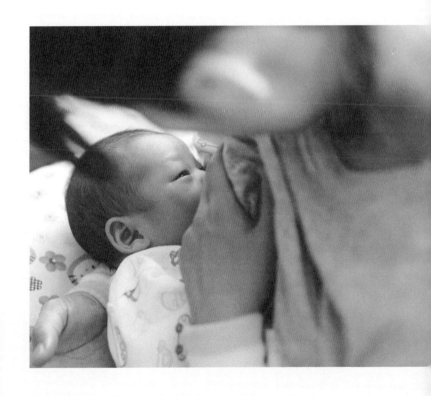

로로의 진짜 이름

로로의 진짜 이름을 지었다.

바다 위에 뜬 태양.

해일(海日).

제인이 방이 생겼어요!

할머니, 할아버지 집에서 지냈던 제인이가 3주 만에 집으로 돌아왔다.
고새 많이 자랐다. 말도 훨씬 늘고, 이제 양말도 혼자 신는다.
엄마 아빠 없이 잘 지낸 딸이 기특하기만 하다.

해일이는 2시간마다 깨서 운다.
제인이도 매번 자기 싫어 떼쓰며 울거나 잠들 때까지 재잘재잘 떠
든다. 그러다 서로를 깨워 울면 잠자리는 전쟁터를 방불케 한다.

그래서 제인이 방을 따로 만들었다.
아내와 해일이는 안방에서, 제인이와 나는 제인이 방에서 자기로
했다. 하지만 밤마다 엄마와 떨어져야 하는 제인이는 엄마 옆에 가
고 싶다고 더 떼를 쓰며 운다. 그렇다고 제인이를 안방에 보내면
해일이까지 깨서 우는 통에 온 식구가 잠을 설친다.

요즘 나의 임무는 밤마다 우는 제인이를 달래서 재우는 거다.
그래도 안되는 날에는 해일이를 겨우 재운 아내가 지친 몸을 이끌

고 제인이 방으로 와서 다시 제인이를 재운다.

밤낮으로 고생하는 아내가 안쓰럽다.

엄마 꺼

제인이가 유독 동생을 예뻐한다.

엄마가 해일이에게 젖병 물리는 것을 본 제인이는 자기가 해일이에게 쭈쭈를 주겠다고 한다.

이모가 놀러 와서 "제인아 해일이 데려갈까?" 하니 "엄마 꺼! 엄마 꺼!"라고 버럭 소리친다.

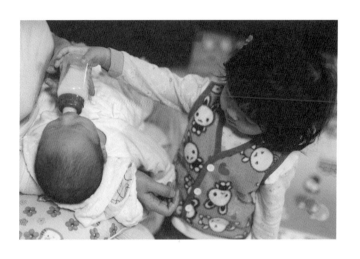

질투

다들 제인이가 해일이를 질투하지 않냐고 물어본다.

그러나 신기하게도 제인이는 해일이를 질투하지 않는다.

오히려 동생을 무척 예뻐한다.

어떤 책에서 보니 아이들은 엄마에게 버림받을까 봐 동생을

예뻐하는 척한다는데 그런 건 아닌 것 같다.

아직 아기인 제인이 눈에도 더 작은 아기인 동생이

귀엽고 사랑스러운 것 같다.

물론 어디까지나 우리의 생각이다.

아무튼 제인이는 동생을 보며 "아기야~" 하며 곧잘 쓰다듬어준다.

자기 장난감을 가져다주기도 한다.

흔히 첫째가 둘째를 보면 질투심으로 떼를 쓴다길래 노심초사하며

제인이 눈치를 봤었는데 괜한 걱정이었다.

아무튼 마음이 놓인다.

더 두고 봐야겠지만.

곰 세 마리

연말 분위기를 느낄 새도 없이 해가 바뀌었다.
이제 제인이는 3살이 되었다.

제인이를 재울 때마다 늘 동요를 불러주는데 내가 알고 있는 동요
를 모두 부른 후에야 겨우 잠든다. 가장 많이 부르는 동요는 '퐁당
퐁당', '섬 집 아기', '뽀뽀뽀', '곰 세 마리'.
제인이는 그중에서 '곰 세 마리'를 가장 좋아한다.
한동안 나를 따라 같이 부르더니 어느새 '곰 세 마리'를 다 외워 혼
자서 처음부터 끝까지 완창했다.

엄마 맛있어요

엄마의 일기

정신없이 하루가 시작된다.

아침에는 제인이를 어린이집에 보내야 하고, 깨서 우는 해일이에게 젖을 물려야 한다. 해일이의 기저귀를 갈아주고 울음을 달래주다 보면, 그제서야 방치(?)되고 있는 제인이가 눈에 들어온다. 투정 부릴 법도 한데 왜인지 제인이는 서운함을 토로하지 않는다.

아직 어려 아무것도 몰라서 그런가 하는 생각이 들다가도 다 알고 있는데 자존심이 상해서 투정 부리지 않는 건가라는 생각이 들기도 한다.

오늘 아침도 제인이가 먹을 반찬을 만들고 있는데, 해일이가 울어 급히 방으로 들어갔다. 해일이를 달래주고 나오자 제인이는 밥만 덩그러니 올려진 식탁에서 물끄러미 나를 쳐다보고 있었다.

그러다가 이내 맨밥을 퍼먹기 시작했다. 배가 많이 고팠나 보다. 그러고 나서 던진 한마디가 가슴을 후벼 팠다.

"엄마, 맛있어요."

대체 뭐가….

맨밥이 맛있다는 거니…?

어색한 숟가락질로 엉겨 붙은 밥알을 입안에 한가득 넣고는 우물
우물 먹는 제인이를 바라보니 바보같이 눈물이 흘렀다.

눈물을 훔치고 제인이를 가슴에 꽉 안았다.

미안해 제인아…

그냥 다 미안해…

사랑해 진짜.

엄마는 복이 많나 봐.

하늘에서 너 같은 딸을 보내주셔서….

괴물

아랫집에서 공사를 하느라 우리 집까지 드릴과 망치 소리가 크게
들렸다.

드르르르르 쿵 쿵 쿵 소리가 날 때마다 제인이가 내 품으로 달려와
꼭꼭 숨으며 "괴물 가! 가!"라고 외쳤다.

이 작고 어린 것이 아빠 품으로 온몸을 숨기는 것이 얼마나 귀엽고
사랑스러운지 모른다.

키 재기

해일이가 태어난 지 50일째. 키는 58센티미터.
제인이가 태어난 지 695일째. 키는 87센티미터.

기억하길 바라

지난주에 혹독한 추위를 겪어서인지 오늘 아침은 그렇게 춥게 느껴지지 않았다. 제인이의 손을 잡고 어린이집 버스를 타러 걸어가는데, 우리의 모습을 멀리서 보고 싶었다.

얼마나 귀엽고, 아름다울까.

이렇게 예쁜 일상을 누릴 수 있다는 것이 문득 기쁘고 행복해져서 가슴이 벅차 올랐다. 누가 사진이라도 찍어주면 좋으련만….

공기가 쌀쌀해서 해가 잘 드는 곳에서 서서 제인이를 안고 버스를 기다렸다. 햇볕이 우리를 따사롭게 내리쬐었다. 마음만은 벌써 봄이 온 것처럼 포근했다. 그때 멀리서 짹짹거리는 소리가 들려왔다.

제인 - 짹짹 없네. 없네(새 소리는 나는데 보이지 않으니).

아빠 - 응. 짹짹 없네. 제인아, 짹짹 이리로 와. 짹짹 이리로 와 해봐. 그러면 짹짹 올 거야.

제인 - 짹짹 일루 와. 짹짹 일루 와.

이윽고 거짓말같이 우리 부녀 앞에 작은 새 한마리가 짹짹 짹짹 하며 날아 앉았다. 작고 날렵한 것이 참새는 아니고 그냥 이름 모를 작은 새였다.

"제인아 쩍쩍 왔다 쩍쩍 왔다"고 말하며 새를 가리키자 제인이는 연신 함박웃음을 지었다. 곧이어 또 한 마리가 날아들었다.

아빠 – 제인아 쩍쩍 또 왔다.
제인 – 쩍쩍. 쩍쩍.

제인이가 새들을 가리키며 화답하자 잠시 후 또 한 마리 새가 날아와 세 마리가 되었다. 콩콩거리는 새들과 제인이의 목소리가 마치 화음처럼 어우러졌다. 이 순간 이 모습이 따뜻하고 행복해서 오래도록 간직하고 싶었다.
'제인이도 부디 잊지 않길 바라.'

잠시 후 어린이집 버스가 도착했다.
제인이를 배웅해주고 현재 날씨를 보니 영하 2도였다.

침과의 전쟁

해일이가 한시도 쉬지 않고 침을 흘리는 통에 목에 두른 손수건은
마를 날이 없다.
턱과 가슴팍은 침 독이 올라와 항상 울긋불긋하다.
원래 이 시기에 침을 많이 흘리는 아이들도 더러 있다지만
그래도, 엄마 아빠는 걱정이 이만저만이 아니다.

아토피

해일이의 피부가 심상치 않다.

얼굴에 발진이 잦고, 팔을 자주 긁어댄다.

설마설마 하며 아니길 바랐지만 결국 아토피 진단을 받았다. 지인 중에 중증 아토피 환자가 있어서 그 고통을 어느 정도 알기에 앞으로 해일이가 고생할 것을 생각하니 걱정이 앞섰다.

부모에게는 자식이 아픈 만큼 힘든 일이 없다.

대신 아팠으면 좋겠다,라는 말이 괜히 나오는 것이 아니다.

흔한 말이지만 지금 내 마음이 달리 표현할 수 없이 딱 그렇다.

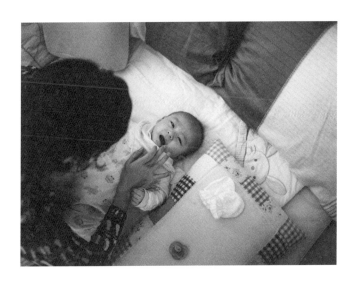

야구

나는 세상에서 야구가 가장 좋다.

밥 없이는 살 수 있어도 야구 없이는 못 살 정도로.

어렸을 때 우리 집은 야구장 근처에 있었다.

우리나라에서 야구 열기로는 둘째가라면 서러운 부산 사직 야구장 앞. 집에서도 학교에서도 늘 야구장의 함성 소리를 들을 수 있었다.

아버지도 야구를 좋아했다.

동생과 나는 아버지를 따라 틈틈이 야구장에 놀러갔고 주말에는 셋이서 미니 야구를 즐겼다. 야구단의 어린이 회원으로 가입하여 여러 가지 야구 용품을 받고서는 날아갈 듯 기뻐했던 순간도 있었다. 그래서 나의 유년 시절에서는 야구를 절대 빼놓을 수 없다.

보는 것도 좋아하지만 직접 하는 것도 굉장히 좋아한다.

대학생 때는 틈만 나면 동기들과 캐치볼을 했다. 혹자는 그냥 공을 던지고 받는 일련의 단순한 동작이 왜 재밌는지 의아해하는데, 이 공놀이가 얼마나 재밌는지는 직접 해보지 않고 모른다.

손에 착 감기는 야구공의 실밥과 그립감, 공을 허공으로 던질 때의 짜릿함과 쾌감, 아름답기 그지없는 공의 포물선, 날아오는 공이 글

러브에 팡 하고 들어올 때 손바닥에 전해지는 공의 에너지, 캐치볼 상대와의 보이지 않는 케미 등. 야구의 매력을 말하라고 하면 손꼽을 수 없이 많다.

그래서 해일이가 태어나자 나도 머지않아 아들과 야구를 할 수 있겠구나, 하고 생각했다.

아직 플라스틱 공을 가지고 노는 젖먹이 아들을 보며 상상하는 것에 그치지만.

상상만으로도 신나고 설렌다.

앞으로 10년만 기다리면 해일이와 캐치볼을 할 수 있으려나.

자전거

얼마 전 우유 배달 사은품으로 자전거를 받은 후부터 뒷좌석에 제인이를 태우고 싶어 안달이 났다.

유아 안장도 달고, 며칠 전 주문한 헬멧도 도착했다.

마침 날씨도 따뜻해져서 오늘이 딱이지 싶었다.

퇴근하자마자 제인이를 태우고 동네를 돌았다.

제인이도 덩달아 신나서 마치 쭉 타오던 것처럼 나무와 바람에게 손을 흔들었다.

덜 큰 아빠, 다른 딸

아내는 해일이를 재우고, 나는 제인이 목욕 준비를 하고 있었다. 그런데 내가 제인이가 입을 옷을 찾으러간 사이 제인이 혼자 불도 켜지 않은 어두운 욕실 안으로 들어가 물놀이를 하고 있었다.

아차 싶었다. 내 일에만 집중하느라 제인이를 돌보지 못했다. 너무 미안하고 나에게도 몹시 화가 났다.

목욕을 마치고 제인이 방에서 옷을 입혀주었다. 아직도 조금 전 일 때문에 기분이 좋지는 않았지만 애써 밝은 척하며 머리를 빗어주었다. 그때였다. 나도 모르는 새 좀 전의 일이 도화선이 되어 그동안 쌓인 스트레스기 불현듯 한꺼번에 터지고 말았다. 요즘 하는 일이 잘 안돼서 꽤 힘들었는데 그만 눈물이 났다.

제인이 앞에서.

제인이 모르게 눈물을 훔쳤지만, 제인이가 본 것 같았다.

갑자기 제인이가 나의 등을 다정스러운 손길로 쓰다듬었다.

'아빠 울어?' '아빠 눈물' 같은 말은 전혀 하지 않고,

"아빠…"라고 하면서.

제인에게 "일찍 잘까?"라고 했더니, 매일같이 "안 잘 거야!"라고 떼쓰던 제인이 내 말이 끝나기 무섭게 잘 준비를 하려고 부산을 떨었다. "여기 아빠 베개 있어요"라면서 베개를 내 자리에 가지런히 갖다놓고는 "어? 아빠 이불이 없네? 아빠 이불이 어디 갔지?"라고 하면서 이불을 찾기 위해 온 방 안을 뒤졌다.

이 작은 게 뭘 다 안다는 것처럼.
마치 말하지 않아도 된다고 얘기하듯이
나를 위로해주고 있었다.

그리고는 요즘 자기 전에 내가 해주던 스티커 놀이를 제인이가 나에게 해주었다. 멀리 떨어져 있는 스티커 종이를 한 장 한 장 왔다 갔다 하면서.
제인이는 자신이 할 수 있는 모든 방법으로 나를 토닥여주고 있었다.
이런 모습을 보고 있자니 다시 눈물이 왈칵 쏟아졌다.
감동과 부끄러움이 한데 어우러져서.

불을 끄고 제인이와 이불을 덮고 누웠다.

어둠 속에서 제인이는 "아빠 안아주세요. 꼭꼭 안아주세요. 마니마니 안아주세요."라고 하더니, 깜깜해져 안 보이는 내 얼굴을 몇 번이고 더듬었다.

"아빠 얼굴 어디 있지? 아빠 얼굴 찾아야지! 아빠 얼굴 여기 있네!"

하면서 계속 반복했다.(이런 적 한 번도 없었는데…)

얼굴 찾기 놀이가 끝나자 제인이는 "아빠 잘 자"라고 인사했다.

나도 "제인도 잘 자"라고 했더니,

다시 "아빠 잘 자"

다시 "제인이도 잘 자"

다시 "아빠 잘 자"

이렇게 기억나지 않을 정도로 수십 번을 반복하더니 제인이는 알고 있는 모든 노래를 나에게 불러줬다.

내가 잠들 때까지.

아 빠 는 아 직 덜 컸 는 데,

제인이는 벌써 다 컸구나.
미안하고 고맙고 사랑해….
제인아

내일부터는 아빠가 또 힘낼게!

까꿍

제인이가 해일이를 웃기려고 벽 뒤에 숨어서 얼굴만 내밀며 까꿍
놀이를 한다.
해일이는 박장대소 방청객 리액션.
해일이의 리액션이 좋아서 제인이는 해일이를 웃기는 게 신나는
모양이다.

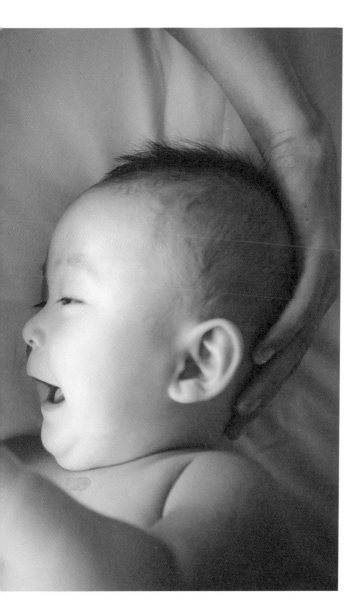

아빠가 된다는 것

제인이가 태어나고서도 한참 동안이나 여전히 '내가 한 아이의 아빠'라는 사실이 실감나지 않았다. 20대 때부터 형성되어온 나의 고유한 정서와 이제 아이 아빠라는 현실 사이에는 어떤 부자연스러운 이질감이 있었다. 문득문득 현재의 내가 낯설게 느껴지고, 다른 세상에서 살고 있는 것 같았다. 그렇다고 '현실 부정'은 아니었다. 엄연히 다른 맥락이다.

줄곧 사랑하는 사람과의 결혼을 꿈꿔왔고 토끼 같은 아이들을 낳아 잘 키우는 막연한 미래를 기대해왔었다. 그리고 실제로 그렇게 되었다. 그럼에도 뭔가 현실적이지 않은 기분이 들었다. 마치 극장을 나와서도 여전히 영화 속 주인공으로 동화되어 있는 것 같은 묘한 기분. 그런 느낌이 꽤 오랫동안 가시지 않았다.

결혼하기 전에는 15년 간 혼자 자취를 하며 자유로운 일상을 보냈다. 결혼 전의 자유로움을 그리워하지는 않는다. 그러나 몸이 자전거 타는 법을 기억하듯, 나의 정서가 그 자유로움을 완전히 벗어나지 않은 것 같았다. 아무래도 감성이라든가 정서 같은 것들은 하루아침에 단절되는 것이 아니니깐.

또 하나, 어쩌면 그동안 적성에 맞지 않은 일을 하면서도 하고 싶은 일을 늘 꿈꿔왔기 때문일 수도 있다. 그 꿈이 미완의 상태로 지속되었기 때문에 아빠라는 현실이 낯설게 느껴졌을 수도 있다.

그러나 해일이가 태어나면서 직장을 그만두고 오랫동안 꿈꿔왔던 사진 일을 시작하게 되었다.

나의 이상만을 쫓기에는 두 아이를 둔 가장으로서 책임감이 무거웠지만 그럼에도 내가 가장 잘할 수 있는 일이기에 자신이 있었다.

그제서야 비로소 아빠라는 현실이 완전히 내 정서가 되었다.

이제는 가끔씩 아이들 없이 집에 혼자 있게 되는 시간들이 오히려 어색하고 낯설게 느껴진다.

드디어 아빠라는 이름이 익숙해지려나 보다.

HEY YO! MAN~

종종 산책 길에서 마주쳐 밥을 챙겨주다 보니 어느새 친구가 된 길고양이와 해일.

아빠와 아들

아내 배 속에 해일이가 있을 때 아들이라는 소식을 듣고 좀 걱정된
게 있었다.

그것은 바로 우리가 '아빠와 아들'이라는 '부자'라는 것이다. 부녀
지간과 달리 부자지간은 특히 우리나라에선 참 어색하고 서먹한
사이다. TV 속 흔한 드라마만 보더라도 대부분 아버지와 아들 사
이는 어렵고 멀게 느껴진다.

그래서 둘째가 아들이라는 말에 우리도 대한민국의 여느 부자지간
처럼 어색한 관계가 되는 것은 아닌지. 아들이 사춘기를 지나면서
서로 점점 멀어지게 되는 것은 아닌지. 벌써부터 걱정이 앞섰다.

지금도 내 품에서 잠든 작은 해일이를 보면 가끔 그런 생각을 한다.

나중에 해일이와 나는 그렇지 않으면 좋으련만.

외국의 부자지간처럼 장성하고도 서로 막역한 친구 사이가 되면 좋으
련만.

어떻게 하면 좋은 아빠가 될 수 있을까, 어떻게 키우면 우리가 인
생의 좋은 친구가 될 수 있을까?

완전체

드디어 작업실에서 지내던 오냐를 집으로 데려왔다.

이제 우리 다섯 식구는 완전체가 되었다.

오냐가 돌아오자 모든 게 다 제자리를 찾은 느낌이다.

아내는 오냐의 눈만 봐도 마음에 평화와 안도를 얻는다고 한다. 오냐가 아내에게 이렇게 말하는 것 같다.

"그동안 애 키우느라 힘들었죠? 내가 왔으니 이제 좀 쉬어요~."

5살 오냐와 10개월 차 해일이는 서로 첫 대면이다.

오냐는 제인이가 신생아였을 때처럼 해일이에게도 굉장히 호의적이고 조심스럽다. 해일이는 오냐가 보이면 "옹! 옹!" 하는 감탄사를 연발하며 재빠른 포복으로 기어가서는 꼬리도 잡아보고 털도 한 움큼씩 잡아당긴다. 그런 해일이에게 오냐는 싫은 내색 없이 기꺼이 등을 내준다. 막내 동생에게 한없이 너그러운 큰 누나 같다. 아빠인 내가 그랬다면 십상 물리거나 발길질을 당했을 텐데….

어쩌면 오냐는 자기 자신 역시 당연히 사람이고, 엄마 아빠의 자식이라고 여기는지도 모른다. 그래서 맏딸만이 가지게 되는 특별한 형제애가 오냐에게 발현되어 동생들을 대하는지도 모르겠다.(물론 나만의 추측일 뿐…)

제인이는 해일이에게 오냐와 어떻게 노는지 가르쳐주고 싶어했다.
제인이가 장난감으로 오냐와 놀아주면, 해일이는 그 모습이 웃긴
지 않은 채로 연신 허리를 들썩이며 양팔을 위아래로 휘젓는다.
셋이 옹기종기 모여 앉아 애장품인 스티커를 오냐 등에 덕지덕지
붙이는 모습을 보고 있자면 입가에 미소가 떠나지 않는다.

첫 생일 II

엄마의 일기

일 년 동안 있었던 모든 일들이 주마등처럼 스쳐가네.
아토피에 힘들어하는 너를 안고
소금물에, 복숭아 잎 물에 여기저기 좋다는 걸 이것저것 해보며
제발 어서 나아라 기도하며 지샌 날들.
침을 너무 흘려 침 독이 바짝 오른 너의 가슴팍을 보며
하루의 절반을 널 씻기는 일에 몰두한 적도 있었지.
너무 힘들어서 엉엉 울다가
새벽이슬 맞으며 작업실에 간 아빠에게 전화해
더 이상 못하겠다고 투정 부리고.

널 낳았을 때에는 백일만 지나면 살 것 같았는데
백일이 지나니 앉기만 했으면 좋겠고
혼자 앉게 되니 어서 밥이라도 좀 먹었으면 좋겠더라.
하루하루 지나면 어련히 다하게 될 것을.
매일 기대하고 바라기만 하면서 보낸 것 같아 미안해.

해일아,

이슬 밭에 오이처럼 무럭무럭 자라줘서 고맙다.

더 성숙하고 이해심 많은 엄마가 될게!

사랑해!

아빠 나 봐봐요

드디어 해일이가 혼자 일어섰다.

자기가 생각해도 대견한지 앉았다 섰다를 계속 반복하며 엄마 아

빠가 쳐다봐주길 바란다.

잔소리

요즘 제인이가 해일이에게 잔소리를 하며 누나 노릇을 하고 있다.

"해일아, 방이 왜 이렇게 엉망이야? 왜 어지럽혔어?"
"제인이도 안 그러고, 엄마도 안 그러고, 오냐도 안 그러는데 해일
이는 왜 방을 어질러? 엉?!"

하나보다는 둘

둘이서 하루종일 신나게 논다.

둘째가 생기면 첫째가 다 키워준다더니 그 말이 틀리지 않은 것 같다. 제인이가 해일이를 잘 데리고 논다.

엄마 아빠는 낄 틈이 없을 정도로.

제인이를 키우면서 육아가 쉽지 않다는 것을 깨달았기 때문에 둘째 해일이를 가졌을 때는 두 배로 더 힘들 거라고 예상했다.

그러나 실제로 둘을 키워보니 전혀 그렇지 않았다.

제인이 혼자였을 때는 엄마 아빠 껌딱지마냥 한시도 안 떨어지고 졸졸 따라다녀서 에너지 소모가 엄청났다. 그런데 해일이가 태어난 이후로는 굳이 우리가 끼지 않아도 잘 노는 까닭에 엄마 아빠는 관찰자로 밀려난다.

제인이는 이제 4살, 해일이는 3살, 오냐는 6살이 되었다.

French Women Don't Get Facelifts

당신의 얼굴과 개성, 생활 방식에 어울리는 스타일을 찾을 것!

언제나
아름답고 싶은
당신에게

프랑스 여자는 늙지 않는다

나이들수록 아름다운 프랑스 여자들의 비밀

루이비통 계열사 CEO를 지낸 저자가 말하는 프랑스 여자들의 스타일과 애티튜드. 치열한 안티-에이징보단 우아한 웰-에이징을 택한 프랑스 여성들의 삶의 지혜와 매력적인 파리지앵의 비밀.

미레유 길리아노 지음 | 박미경 옮김 | 320쪽 | 13,000원 | ebook 10,400원

• 머리 맡에 책을 두는 당신에게

내가 사랑한 첫 문장

윤성근 지음 | 384쪽 | 13,000원 | ebook 10,400원

'이상한나라의헌책방' 주인이자 에세이스트인 윤성근. 첫 문장 증후군인 저자는 작품의 문장 사이마다 심어둔 소설가의 의도를 찾기 위해 퍼즐을 맞추듯 원문도 찾아보고, 소설가의 인생도 찾아본다.

• 좋아하는 음식을 통해 나를 알아가는 여정

나 홀로 미식수업

후쿠다 가즈야 지음 | 박현미 옮김 | 336쪽 | 13,000원

당신이 무슨 음식을 좋아하는지 알면 당신이 누구인지 알 수 있다. 일본의 대표 사상가 가라타니 고진을 잇는 사상가이자 문예평론가 후쿠다 가즈야가 '식食, 즉 먹는 행위'와 '미식'에 대해 말한다.

작아지는
나에게 건네는
선물!

쉼표를 기록하는 순간,
당신의 자존감이 조금씩 올라갑니다

정신과 전문의
신동원 감수

자존감을 키우는 세 개의 쉼표

『쉼표 다이어리』는 단순히 계획을 세우는 것을 넘어서 자신 스스로의 모습을 들여다보고 하루하루 나를 더 사랑하게 만드는 개인 맞춤형 다이어리다. 자신을 이해하고 혼자 알찬 시간을 보낼 수 있도록 '나에게 묻고 싶은 말, 나에게 건네고 싶은 말, 나를 위한 시간' 등의 세 가지 쉼표로 구성되어 있다.

쉼표 다이어리

킹코 지음 | 신동원 감수 | 256쪽 | 14,000원

주소 서울시 마포구 홍익로5길 59 남성빌딩 2층

전화 (02)325-4944 팩스 (02)325-4945 홈페이지 www.hbooks.co.kr 블로그 blog.naver.com/nextwave7

인생 신생아 은시런니의
사이다표 드립 뱅크!

은시런니가 필요해

땅바닥 생활인이자, 인스타그램 지박령 은시런니의 365일 생활 탐구 보고서. 섬세하면서도 까다로운 여자의 마음부터 지극히 잉여스러운 인생살이에 대한 변까지 어느 한 곳 눈 뗄 데 없이 유머럽다.

유은실 지음 | 296쪽 | 13,000원

• 한 남자의 공감 백배 웃픈 육아 일기

스틸보이 STILL BOY

SE OK 지음 | 240쪽 | 14,800원

NAVER 맘 · 키즈 섹션 화제의 포스트이자, 그라폴리오에서 사랑받는 [스틸보이]의 단행본. 처음 아빠가 되어 전쟁 같은 육아 초보 시절을 거치며 베테랑으로 거듭나기까지 한 남자의 일상이 한 컷의 감각적인 그림과 센스 넘치는 태그에 담겨 있다.

• 당신에게 보내는 사소하지만 소중한 위로

어디쯤인지 모르겠는 오늘

이보람 지음 | 272쪽 | 13,000원

섬세한 글귀와 개성 가득한 일상으로 사랑받는 인스타그램 스타 이보람의 첫 에세이! 이 책은 저자 이보람이 어른으로 가는 길목에서 마주친 섬세한 감정들의 조각이자, 사사로운 일상의 고백이다.

한번쯤은 말하고 싶었던
우리들의 본심

어른은 겁이 많다

상처받지 않으려 애써 본심을 감추는

저자는 청춘의 끝에 서 있는 나이이기에 어른이음을 가장 잘 이해하고 있다. 강제로 어른이말하는 손씨는 앞으로 겪어야 할 아픔과 상처니 삶을 살아가는 게 겁이 나기 시작했다고자신의 마음을 글로 풀어냈다.

손씨 지음 | 232쪽 | 12,500원 | ebook 10,000원

• 혼잣말 속어

그때 하지 않아서 다행이었던 말

손씨 지음 | 272쪽 | 13,000원

어른이어서 마음을 감추어야 하는 그 순간의갔다. 그의 글은 화려한 미사여구나 기교 대신로 독자의 마음을 사로잡는다.

인생질문

아키씨 지음 | 344쪽 | 15,000원

내 인생을 보고 듣고 말하고 이해하다! 니랙, 168개의 인생질문. 이 책은 '나의 존삶의 방향'의 답을 스스로 구할 수 있게

마음마음

해일이는 오냐를 "마음마음"이라고 부른다.

"야옹" 소리가 해일에게는 "마음"으로 들리나 보다.

신세계

제인이가 계단을 밟고 세면대에 서서 손 씻는 것을 유심히 지켜보
더니 해일이가 따라한다.
이제 해일이에게도 새로운 위쪽(?) 세상이 한 계단 한 계단 열리고
있다.

해일이의 시험

엄마의 일기

해일이가 식탁 위에 가위를 가리키며 내려달라고 했다.

나는 해일이의 관심을 분산시키려고 밥 먹자고 이리 오라고 해일이를 불렀다.

해일이는 밥은 됐고 당장 가위를 내려달라고 했다.

이건 위험해서 안 된다고 하니, 해일이는 위험이고 나발이고 빨리 가위를 달라고 대성통곡을 했다.

졸려서 그런가 해서 분유를 좀 타서 안방으로 불렀다.

하지만 해일이는 내가 가위를 안 준 것에 대한 분노가 머리 끝까지 치달아 목이 쉴듯 깍깍 소리를 지르며 울었다.

이쯤되니 나도 성질이 나서 "너 빨리 안 와!" 하면서 소리 지르니 해일이는 안방 문 앞에 와서 고래고래 울어 젖힌다. 빨리 와서 쭈쭈먹자고 아무리 말해도 듣는 시늉은커녕 내 앞에 와서 보란 듯이 깍깍 운다. 뭐가 그렇게 서러운지 표정은 울상이 되어 안 나오는 울음까지 일부러 짜낸다.

그 모습이 짠해서 안아줬더니 바로 울음 뚝.

진작 이랬어야지, 하는 듯.

이렇게 기 싸움(?)에서 진 나는 한 시간을 안아서 해일이를 달래고,
겨우 눕혀놓고 영혼이 탈탈 털린 채로 아점을 먹었다.

언제나 엄마를 시험하는 아기.

"내가 이렇게 해도 무조건 날 안아줘야 해.
무조건 나를 사랑해줘야 해."
라고 말하는 것 같다.

왼손잡이

해일이는 왼손잡이다.

예전부터 나는 왼손잡이에 대한 약간의 부러움 내지는 경외심 같은 게 있었다. 창의적이고 천재적인 사람들 중에 왼손잡이가 유독 눈에 띄어서일까. 지미 헨드릭스, 레오나르도 다빈치, 베토벤, 뉴턴, 아인슈타인, 스티브 잡스, 피카소, 빌 게이츠, 오바마….

그동안 내 주위에는 왼손잡이가 없었던 터라 해일이가 왼손으로 밥을 먹고, 연필을 쥐고, 왼발로 공을 차는 모습들이 신기하기만 하다.

아빠로서 한 가지 소소한 바람이 있다면 훗날 메이저리그를 평정하는 좌완투수가 되는 것뿐이랄까.

시에스타

|

해일이를 자전거 뒤에 태우고 동네 한 바퀴를 돌았다.
나무 그늘에 잠시 자전거를 세웠는데 해일이는 그새 잠들어버렸다.
엄마의 질주 본능을 무색케 하는 아들의 낮잠 시간.

언제 어딜 가나 1시가 되면
잠들어버리는 슬픈 이야기.

나누

어린이집을 다녀오는 누나를 마중 나온 해일.

누나를 "나누~ 나누"라고 부르며 반가운 마음에 얼싸안는다.

단어를 거꾸로 말하는 건 3살 유아의 전형적인 특징인 것 같다.

'뚜껑'을 '꿍뚜'라고 말하는 것처럼, 누나를 '나누'라고 부른다.

이외에도 '양말'은 '망얄', '영차영차'는 '차영차영'이라고 말한다.

라푼젤

머리를 자르자고 하니 제인이 심기가 불편해졌다.

라푼젤처럼 머리를 길게 기르고 싶다고.

이번만 자르고 라푼젤만큼 기르기로 제인이와 약속.

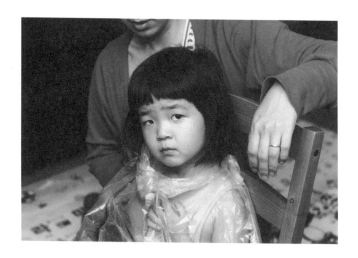

남매

놀이터에서 놀다가 집에 오는 길.

해일이가 더 놀고 싶어하니, 제인이가 해일이 손을 꼭 잡고 집으로 이끈다.

둘이서 손잡고 아장아장 걷는 걸 보니, 앞으로의 기나 긴 인생을 서로 함께할 거란 생각이 들었다.

수만 가지 일들이 펼쳐질 이 세상에서 지금 손잡고 있는 누나가, 지금 손잡고 있는 동생이 가장 가까운 피붙이이자 믿고 의지할 남매라는 생각에 괜시리 맘이 짠해졌다.

여행의 의미

3박 4일 일정으로 상하이에 출장을 왔다.

비록 일 때문에 왔지만 이국이므로 업무가 끝난 저녁에는 카메라를 들고 거리로 나섰다. 결혼 전에는 이렇게 혼자 이곳저곳을 누비며 사진을 참 많이 찍었다.

여행이라는 한정된 시간 동안 누릴 수 있는 최고의 행복이기에.

잠도 줄여가며 식사도 건너뛰며 새벽부터 밤늦게까지 발이 부르트도록 돌아다니며 셔터를 눌러댔다. 그러면 마음은 행복감으로 가득 차서 세상 부러울 것이 없었다.

그런데 이번 상하이 여행은 예전과 매우 달랐다. 전혀 즐겁지도 않고 행복하지도 않았다.

오로지 가족 생각만 났다.

어디를 가도 '아내와 아이들과 같이 왔어야 하는데'라는 생각만 들어서 아무것도 눈에 들어오지 않았다.

내가 그렇게 좋아하는 카메라가 무겁고 귀찮게 느껴졌다.

이제 나만의 자유로운 시간이 낯설고 불편하다.

아무리 멋진 풍경이 있다 한들, 가족과 함께하지 않는 여행은 나에게 아무런 의미가 없다.

가을가을해

"이건 제일 예쁘니깐 엄마 줄게."

오늘이 우리를 기억해

삼 남매

2015년 새해가 밝았다.

오냐는 어느덧 7살 꽃 중년이 되었고,

제인이는 5살, 해일이는 4살이 되었다.

육아로 오랜 기간 휴직했던 아내가 다시 직장을 다니기 시작했고,

이제 평일 육아는 내가 도맡게 되었다.

애들은?

어린이집이 방학을 하면 제인이와 해일이는 며칠 간 부모님 댁에서 지낸다.

오늘 아이들을 맡기고 집을 들어오는데 오냐가 다소 격양된 목소리로 울었다. 나와 아내를 번갈아 보면서 현관문 앞을 서성였다.

마치 "아이들은 어쩌고 엄마 아빠만 집에 와요? 아이들은 어디 있어요?!"라는 듯.

그리고 한참 동안 제인이와 해일이를 찾으며 안절부절해 했다.

오냐는 우리 가족 구성원 모두가 함께 있을 때야 비로소 편안함을 느끼고 안심하는 것 같다.

4부
오늘이 우리를 기억해

205

오냐와 부모님

결혼 전, 새끼 고양이 오냐를 부모님께 처음 보여 드릴 때 적잖이 걱정했다. 부모님은 반려 동물에 전혀 관심이 없으셨고 키워본 적도 없으셨기에 고양이를 어떻게 받아들이실지 염려되었다. 하지만 쓸데없는 걱정이었다.

오히려 오냐를 아주 살갑게 대하고 예뻐해주셨다. 아이들이 신생아였을 때 혹시나 오냐가 아기를 해코지하지는 않을까 염려하시긴 했다. 하지만 우리보다 더 조심스럽게 아기를 대하는 오냐의 모습에 "고것 참 신통방통하다"라고 말하시며 무척이나 기특해하셨다. 오냐에게 연신 "오냐야, 우리 아기들 잘 보살펴줘서 고맙다"고 말하셨다.

가끔 우리 집에 오시는 날에는 아이들 못지않게 오냐도 한참을 쓰다듬어주신다.

엄마 냄새

엄마의 일기

제인이가 내 옆에 와서 계속 킁킁거린다.

엄마 – 제인이 뭐해?
제인 – 엄마 냄새 맡아.
엄마 – 엄마 냄새가 어떤데?
제인 – 음. 냄새가 따뜻해.

내 살 냄새를 따뜻하게 느끼는 두 명의 아이들.
오늘도 아이들 자는 얼굴을 보니 쌓였던 스트레스가
눈 녹듯 사라진다.

좋다,
모든 게.

어머니의 프라이드

아이들을 키우고 나서 미처 몰랐던 육아의 세계가 보이기 시작했다. 이휘재 씨가 쌍둥이를 돌보는 모습을 TV로 보면서 쌍둥이를 둔 부모들은 정말 대단하구나, 생각했다. 후에 송일국 씨가 세쌍둥이와 고군분투하는 장면을 보고선 존경심과 경외심이 들었다.

아마 육아를 직접 하기 전에 그 방송들을 봤다면 고충 같은 것들은 눈에 보이지 않았을 것이다. 그저 아이들이 귀엽다,라고만 생각했을 것이다. 하지만 육아 대디로서 보니 예능 코드는 느껴지지 않았고, 고생스럽고 힘든 부분만 눈에 들어왔다.

아빠가 되기 전에는 아기는 저절로 크는 줄 알았고, 언제나 누워서 방긋방긋 웃거나 늘 재롱만 피우는 줄 알았다. 심지어 아이들을 돌보는 보육 교사야말로 정말 재밌는 직업이라고 생각했다.

아이를 키워보지 않은 사람의 단순한 착각이었다는 걸 지금에서야 알겠다.

나에게는 두 살 터울의 남동생이 있다. 우리가 유년 시절이었던 당시, 어머니는 아들 둘의 엄마라는 프라이드가 아주 강하셨다. 우리 역시 그런 점 때문에 괜스레 스스로를 자랑스럽게 여겼다.

하지만 실제로 육아를 해보니, 하나만 있어도 벅찬 아들이 둘이나 (그것도 단칸방에서, 요즘같이 어린이집 같은 보육 시설도 없이, 변변한 장난감도 없이) 있었으니 얼마나 힘드셨을까, 하는 생각에 마음이 아팠다.

우리를 키웠을 당시 어머니는 꽃 같은 20대였을 텐데….

어쩌면 힘든 육아의 일상을 아들 둘의 프라이드 하나로 이겨내셨는지 모르겠다.

"하트 보낼래"

아내와 카톡 이모티콘을 주고받는 걸 보더니 아이들도 하고 싶다
고 졸랐다.

"엄마한테 하트 보낼래"라며.

이모티콘 보내는 방법을 가르쳐주니 금세 능숙하게 다룬다.

엄마에게 하트를 수십 개 보내고 나서는 예쁘고 재밌는 이모티콘
들도 차례로 보냈다. 엄마 역시 이모티콘으로 답장해주니 아이들
은 더 신이 났다.

그러다 제인이가 실수로 깨진 하트를 터치하자 엄마에게 깨진 하
트를 보내버렸다며 펑펑 울음이 터지고 말았다.

그림자

퇴근하는 엄마를 마중 가는 길.
가로등 불빛에 우리 셋 그림자가 기다랗게 누웠다.

제인아, 엄마 배 속에서 뭐했어?

아기는 배 속의 태아였을 때의 일을 기억한다고 한다. 그러다가 점점 크면서 5살 전후로 그 기억들이 모두 없어진다고.

그러니깐 엄마 배 속의 일을 물어볼 수 있는 유일한 시기는 기억을 구체적으로 표현할 수 있는 4~5살이라고 볼 수 있다.

'나중에 제인이가 5살 되면 물어봐야지'라고 막연하게 기다렸는데 이제 내일이면 벌써 제인이의 5번째 생일이다.

오늘 제인이에게 물어보았다.

아빠 – 제인아, 엄마 배 속에서 나올 때 아팠어?

제인 – 응 넘 아팠어.

아빠 – 어디가 아팠어?

제인 – (옆구리를 만지며) 여기가 아팠어.

아빠 – 엄마 배 속에서 나와서 깜짝 놀랬어?

제인 – 응.

그동안 "엄마 배 속에서 뭐했어?"라고 몇 번 물어보긴 했었다.

제인이는 주로 "인형 갖고 놀았어"라고 상상 속에 만들어진 기억을 말하거나, "따뜻했어", "어두웠어"라고 했는데 오늘처럼 이렇게 구체적이고 사실적으로 말하는 건 처음이다.

시끄러웠어

며칠 전에 아이들 보는 앞에서 부부 싸움을 했다.

가능하면 아이들 앞에서는 싸우지 않으려고 하지만(물론 아이들이
안 볼 때도 싸우지 않는 게 더 좋지만) 그날은 참지 못하고 그만 언성
이 높아졌다.

오늘 제인이가 대뜸 "엄마 아빠 싸울 때 넘 시끄러웠어"라고 말했다.

한없이 부끄럽고 미안했다.

우산

엄마의 일기

아침에 일어나 옆에서 자는 제인이 얼굴을 보니
입꼬리가 오르락내리락 금방이라도 울 것같이 씰룩거린다.
제인아, 하고 부르니 실눈을 뜨고 날 보더니 우앙~ 하고 운다.
그러면서 "엄마 꿈에서 내 우산이 하늘로 날아가버렸어!"라고
말한다.
"제인이 우산 신발장에 있어~ 보여줄게" 하고 꺼내 보여주니
이내 안도의 한숨.

책 읽어주기

제인이는 아직 글을 읽지 못한다. 하지만 엄마 아빠가 읽어준 내용
은 다 기억하고, 그림을 보면서 스스로 이야기를 만들어낸다.
그래서 곧잘 "해일아 누나가 책읽어줄게" 하며 동생 앞에서 동화
책을 편다.
어찌나 재밌게 읽는지 해일이는 시종일관 깔깔깔.

독립

이제 제인이는 집에서 놀이터까지 혼자 갈 수 있다.

엄마 아빠의 품으로부터 더 큰 세상으로 한 발짝 내디딘 것이다.

제인이 역시 그런 자신을 자랑스러워한다.

대견스러우면서도 점점 독립되어 간다는 것이 아쉽고 짠하다.

토끼 머리

아이들의 등하원을 전담하면서부터 아침 먹이고 옷 입히는 일련의
과정들은 내 몫이 되었다. 가장 어려운 부분은 제인이의 머리를 묶
는 것이었다. 나는 여자 형제가 없어서 머리를 묶는다는 것 자체가
낯설었다.

제인이를 단정하지 못한 머리로 어린이집에 보내고 싶지는 않았다.
그래서 머리 묶는데 나름 많은 공을 들였는데 처음에는 머리를 하
나로 묶는 것조차 어려웠다.

그러나 날이 갈수록 요령이 생기고 손에 익어 이제는 머리를 반으
로 나눠서 양 갈래로 묶는 것도 할 수 있다. 제인이 역시 양 갈래 머
리(제인이는 토끼 머리라고 말한다)를 제일 선호한다.

토끼 머리도 처음에는 그냥 양쪽으로 나누어 묶었지만, 가르마를
가운데로 똑바로 나누어야 예쁘다,라는 아내의 조언을 듣고선 아
침마다 정성스레 오른쪽과 왼쪽의 비중을 맞춰 반으로 나눈 뒤 하
트나 동물 모양의 머리 끈으로 묶어준다.

그러면 제인이는 거울을 보며 아빠가 예쁘게 묶어줬는지 마지막
점검을 하고는 신발을 신는다. 혹시나 약간이라도 비뚤어지거나

높이나 각도가 맘에 안 들면 다시 해달라고 성화다.

그러나 머리를 세 갈래로 나누어 묶는 꽈배기 머리는 몇 번을 시도
해보았지만 여전히 어려워 아직 한 번도 성공하지 못했다.

동네 천적 지도

오냐가 창가로 가면 동네 까치들이 난리가 난다.

깍깍 소리 지르며 앞 동네 뒷 동네 옆 동네 까치들까지 호출해서 창문 앞으로 모여든다.

까치들의 머릿속에는 이른바 '동네 천적 지도'라는 게 새겨져 있나 보다. 지도 위에 동네 모든 길 고양이 리스트와 좌표가 표시되어 있고, 각각의 고양이들의 위험도도(이를테면 별 0개~별 5개 같은 식으로) 식별 가능하며 이 정보를 동네 모든 까치들과 서로 공유하고 있음이 분명하다. 그래서 이미 얼굴을 익힌 동네 길 고양이들에게는 별 관심을 가지지 않지만 아직 좌표로 표기되지 않은 오냐가 나타나면 소리를 지르는 것이다. 그렇지 않고서야 조용하던 까치들이 오냐가 나타나기만 하면 동네가 떠나갈 듯 우는 것을 어떻게 설명할 수 있을까.

근방의 까치까지 단 한 마리도 빠짐없이 머릿속 지도에 오냐의 좌표를 완전히 새기고 나서야 비로소 창가의 소란은 일단락된다.

벌

둘이서 재밌게 놀다가도 어느 순간 싸움이 붙는다.

주로 해일이가 누나 손에 있는 장난감을 빼앗거나 누나를 꼬집거
나 때린다. 그러면 제인이는 울기부터 한다. 제인이에게 해일이가
장난감을 뺏으면 울지 말고 해일이를 혼내고 누나도 무섭다는 것
을 일깨워주라고 했다.

그러나 오늘도 크게 싸워 결국 벌을 섰다.

이렇게 3분 정도 벌을 서고 해일이에게 "누나한테 사과해"라고 하
면 해일이는 모기만한 목소리로 "미안해"라고 말하며 누나를 안는
다. 그러면 제인이도 해일이를 안아주며 "괜찮아"라고 한다. 그리
고는 둘 다 내 품으로 달려와 와락 안긴다.

안아주고 나면 언제 그랬냐는 듯 둘이서 또 깔깔대며 논다.

벌서는 아이들의 모습이 귀여워서 사진을 찍고 싶었지만 카메라를
들기가 무척 미안해서 망설여졌다.

하지만 오늘따라 더 귀여워서 먼 훗날 꼭 보여주고 싶은 마음에.

소심하게 도망치듯 후다닥 찍고는 손을 내리게 하고 꼭 안아주었다.

숨바꼭질

요즘 아이들이 제일 좋아하는 놀이는 숨바꼭질.

내가 술래가 되면 둘은 항상 장롱에 같이 숨어서는 찾기를 기다린다. 숨긴 숨었는데 큰소리로 깔깔거리는 통에 어디 숨었는지 대번에 알 수 있다.

그러나 모르는 척하는 게 숨바꼭질의 묘미.

장롱 앞에서 못 찾는 척 "제인이, 해일이 어디 있지?" 하며 계속 서성거린다. 아이들은 그게 재밌다고 또 한바탕 웃음 바다가 된다.

설거지

제인이가 의자를 가져오더니 "나도 설거지 해보고 싶어"라며 싱크대 앞에 섰다. 그동안 어깨 너머로 배웠는지 처음 해보는 데도 꼼꼼하게 그릇을 닦아낸다.

뒤에서 보고 있으니 벌써 이렇게 컸나 싶기도 하고 마음이 또 짠해진다.

이 순간이 아쉬워서 사진을 한 장 찍고 내려오게 했다.

식탁 자리 배치의 기준

우리 집 식탁 자리 배치의 기준은 '제인이가 해일이를 사랑하는 정도'다. 해일이가 누나를 심하게 괴롭히거나 미운 짓을 많이 하면 제인이가 해일이 의자를 반대편에 가져다놓는다. 반대로 해일이가 누나 말을 잘 듣고 누나가 하는 말에 빵빵 잘 터지면, "해일이 좋아서 같이 앉을래!"라고 말하고는 다시 의자를 옆으로 가져다놓는다. 하지만 누나를 웬만큼 괴롭히지 않는 이상 해일이 자리는 항상 제인이 옆이다. 해일이가 빵빵 터지는 날에는 누나가 숨만 쉬어도, 물만 마셔도 웃음을 참지 못한다.

그러니 동생이 사랑스러울 수밖에.

총기 소지

해일이는 요즘 아침마다 출근하는 엄마의 가방에 블럭이나 자동차 등을 넣어준다. 그리고는 "엄마 이거 갖고 가서 잘 놀아~ 갈 때 차 조심하고~"라고 한다.

오늘은 블록으로 만든 커다란 걸 갖고 가라 길래 엄마가 "그게 뭐야?" 했더니 "응 총이야"라고 답한다.

출근길 지하철에서도, 회사 사무실에서도 아내의 가방 속에 커다란 블록 총이 있다는 사실을 아무도 모를 것이다.

엄마

제인이가 보지 않고 쓸 수 있는 첫 번째 글자는 "엄마"

오냐의 식스센스

제인이가 어제 하루 종일 기침을 하더니 오늘 아침부터 영 컨디션이 좋지 않았다. 아침 먹은 걸 토하기까지 했다.

제인이를 침대에 눕혀 쉬게 했다.

그러자마자 오냐가 아무 말 없이 다가와 곁을 지킨다. 오냐는 우리가 아픈 것을 감지할 수 있는 신비한 감각을 지니고 있는 것이 틀림없다. 우리가 아플 때면 항상 곁에 와서 그르릉거리는 울림소리로 간호를 한다. 뿐만 아니라 기분이 몹시 안 좋은 날에도 오냐는 내 마음을 귀신같이 읽어내고는 마치 "아빠, 기분 좀 풀어. 응? 응?"하고 말하듯 그르릉거리며 내 몸 어딘가에 찰싹 달라붙고는 떠나지 않는다.

평소에는 절대 이런 법이 없다.

이따금씩 무릎 위로 올라와 그르릉거리더라도 그건 단지 오냐가 기분이 좋아 내는 울림소리일 뿐이다. 오래지 않아 내려가서는 자기 할 일을 한다.

제인이를 낳던 날 아내의 곁을 지켰듯이 이번에도 오냐는 제인이가 40도를 넘나드는 고열에 시달리자 묵묵히 곁을 지켰다. 해일이가 장염에 걸려 힘없이 누워 있던 날도 마찬가지였다. 제인이나 해일이가 어딘가에 걸려 넘어져 울기라도 하면 오냐는 자고 있다가도 한달음에 달려와 아이들이 괜찮은지 살펴본다. 그러나 신기하게도 제인이와 해일이가 서로 싸우거나 잘못을 저질러 엄마 아빠에게 혼나서 울 때는 신경도 쓰지 않는다.

이쯤되니 분명 오냐에게는 식스센스가 있어서 우리 가족의 통증과 불안함을 오롯이 느끼는 게 아닌가 싶다.

마치 '우리 가족의 건강은 내가 지킨다'라는 사명감으로 그르릉거리는 심장의 울림을 전하는 게 아닐까.

어찌됐든 오냐가 매번 그르릉거리는 울림소리를 전달해준 까닭에 우리 가족은 많이 아프지 않고 금세 나았던 것 같다.

오냐에게 늘 고마운 마음이다.

역사적인 순간

지금껏 오냐는 제인이와 해일이에게 호의적이었지만 그들 사이에는 알게 모르게 벽이 존재했다. 마치 같은 극의 자석처럼 더 이상은 절대 가까워질 수 없는 약간의 거리감이 있었다. 오냐는 우리 품에 착 달라붙어 사랑해주세요,라는 듯이 곧잘 부비부비 했지만 아이들 품에는 절대 먼저 다가가지 않았다. 해일이가 괴롭혀도, 제인이가 뽀뽀를 하려 해도 애써 거부하지는 않았지만 오냐가 먼저 스킨십을 하는 법은 결코 없었다.

항상 아이들이 먼저 오냐에게 다가갔다. 제인이가 아파서 오냐가 그르렁거리며 간호를 할 때에도 약간의 거리를 둔 채 곁을 지켰다. 그런 오냐가 오늘 갑자기 제인이에게 먼저 다가가서 다리에 스킨십을 하고, 품에 안겨 부비부비를 했다.

처음 있는 일이었다.

오냐의 갑작스런 모습에 제인이 역시 굉장히 놀라 당황하고 감격스러워했다. 제인이가 오냐의 머리를 쓰다듬어주자 오냐도 골골거리며 애교를 떨었다.

이것은 큰 의미가 있다.

오냐가 더 이상 제인이를 보호해야 할 대상이 아니라, 신뢰하고 의지하겠다고 선언한 터닝포인트다. 마음의 마지막 문을 활짝 열어, 보이지 않던 벽과 거리감을 없애겠다는 의미다. 우리 가족에겐 역사적인 순간이 아닐 수 없었다.

오냐는 제인이뿐만 아니라 해일이에게도 다가가 부비부비를 했고, 아이들도 "오냐가 나 좋아해"라며 더없이 기뻐했다.

엄마의 출근길

출근하는 엄마에게 뽀뽀 배웅을 한 뒤, 아쉬운 듯 셋이 같이 베란다로 나가 엄마의 바쁜 발걸음을 세우고는 "엄마, 회사 잘 가~" 하고 다시 인사한다.

해일이는 어디서 배워왔는지 한마디 더한다.

"엄마 차 조심해~"

함께 있어서 따뜻해

아침에 아내가 일어나 소파에 앉아 아이들에게 "엄마, 추워요~"
했더니, 해일이가 급히 방으로 뛰어가 이불이란 이불은 다 들고 와
서 엄마랑 누나를 덮어주었다.

첫 기억

이 사진은 지난 1982년 5월, 부산의 구포다리 앞에서 아버지가 나와 동생을 안고 찍은 사진이자, 내 인생 첫 번째 기억의 순간이다.

이 사진을 찍기 위해 아버지는 우리를 안으신 채 강변의 바위 위로 올라가셨고 바위가 흔들리는 바람에 우리 셋 모두 순간적으로 크게 휘청거렸다. 아버지가 이내 중심을 잡으셔서 다행히 넘어지지 않고 무사히 사진을 찍긴 했지만, 흔들리던 그 순간은 36년이 지난 지금도 생생히 기억난다.

제인이와 해일이가 사진 속의 나와 내 동생 또래이니 지금이 바로 아이들의 인생에 첫 기억이 만들어질 시기다.

요즘 제인이와 해일이를 보며 과연 어떤 순간을, 어떤 모습을 인생의 첫 기억으로 간직할까,라는 생각을 종종 한다.

바로 오늘의 한 순간을 기억할지도 모른다.

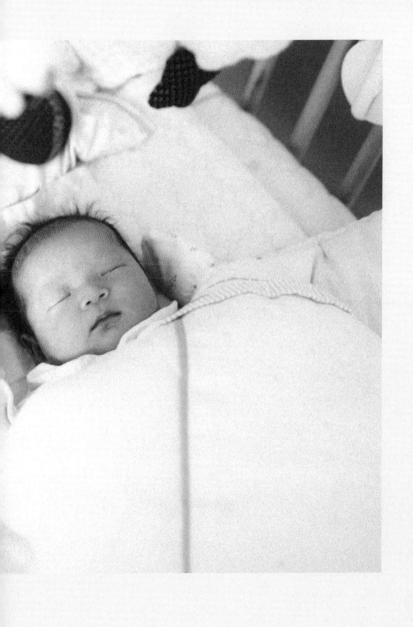

ps.

나는 100점짜리 아빠도 아니며, 본보기가 될 만한 육아 대디도 절대 아니다. 고쳐야 할 부분이 더 많은 여전히 부족한 아빠이자 남편이다. 이렇게 육아하는 아빠라는 생색만 낼 뿐. 진짜 고생은 아내가 다했다.
다만, 후회를 밥 먹듯이 하며 좀 더 나은 아빠가 되려고 노력하는 평범한 일상을 사진으로 함께 나누고 싶었다.

많은 분들께서 아낌없이 사랑해주신 덕분에 오냐가 아기 고양이였을 때부터 일기로 썼었던 '여기는 오냐별'이라는 홈페이지와 육아육묘의 일상을 연재하고 있는 '네이버 그라폴리오', '매거진c', 인스타그램 그리고 아내가 sns에 간간히 쓴 일기 등을 엮어 책으로 낼 수 있었다.
다시 한 번 우리 가족의 소소한 일상을 예뻐해주시고 좋은 말씀을 해주신 모든 분들께 감사의 말씀을 드린다.

아직도 많은 분들이 동물과 아이를 함께 키우는 것에 대해 망설이고 있다는 것을 잘 안다. 사실 쉬운 결정은 아니다. 걱정되는 부분들도 많다.
이 책에서도 그 과정을 세세히 담으려고 노력했지만 부족할 뿐이다.
다만 이 책을 통해 동물과 교감하며 함께 산다는 것이 얼마나 행복한 것인가를, 그리고 동물과 아이들이 함께 자라는 모습이 얼마나 감격스러운가에 대해 조금이라도 느낄 수 있다면 좋겠다.

끝으로, 아이들을 낳고 키우면서 한결같이 현명하고 지혜로운 엄마의 모습을 보여주며, 나의 오르막길에 기꺼이 동행해준 아내 한림이에게 무한한 감사와 사랑을 전한다.